DU MÊME AUTEUR

Aux Éditions Gallimard

PARTIR, 2006 (Folio n°4525)

GIACOMETTI. LA RUE D'UN SEUL suivi de VISITE FANTÔME DE L'ATELIER, 2006

LE DISCOURS DU CHAMEAU suivi de JÉNINE ET AUTRES POÈMES, 2007 (Poésie/Gallimard n° 427)

SUR MA MÈRE, 2008 (Folio n° 4923)

AU PAYS, 2009 (Folio n° 5145)

MARABOUTS, MAROC, 2009 avec des photographies d'Antonio Cores, Beatriz del Rio et des dessins de Claudio Bravo

LETTRE À DELACROIX, 2010 (Folio n° 5086), précédemment paru en 2005 dans *Delacroix au Maroc* aux éditions F.M.R.

HARROUDA, 2010

BECKETT ET GENET, UN THÉ À TANGER, 2010

JEAN GENET, MENTEUR SUBLIME, 2010 (Folio n° 5547)

L'ÉTINCELLE. RÉVOLTES DANS LES PAYS ARABES, 2011

PAR LE FEU, 2011

QUE LA BLESSURE SE FERME, 2012

LE BONHEUR CONJUGAL, 2012

LETTRE À MATISSE ET AUTRES ÉCRITS SUR L'ART, Folio n°5656, 2013

Aux Éditions Denoël

HARROUDA, 1973 (Folio n° 1981) avec des illustrations de Baudoin, Bibliothèque Futuropolis, 1991

LA RÉCLUSION SOLITAIRE, 1976 (Points-Seuil)

Aux Éditions du Seuil

LA PLUS HAUTE DES SOLITUDES, 1977 (Points-Seuil)

MOHA LE FOU, MOHA LE SAGE, 1978 (Points-Seuil). Prix des Bibliothécaires de France, Prix Radio-Monte-Carlo, 1979

LA PRIÈRE DE L'ABSENT, 1981 (Points-Seuil)

Suite des œuvres de Tahar Ben Jelloun en fin de volume

L'ABLATION

TAHAR BEN JELLOUN
de l'Académie Goncourt

L'ABLATION

récit

nrf

GALLIMARD

Il a été tiré de l'édition originale de cet ouvrage
trente exemplaires sur vélin rivoli
des papeteries Arjowiggins numérotés de 1 *à* 30.

PROLOGUE

Témoins vigilants, observateurs attentifs, il arrive parfois que les romanciers se voient confier des vies pour qu'ils les racontent dans leurs livres. Ils font alors fonction d'écrivains publics. C'est ce qui m'est arrivé il y a deux ans lorsqu'un ami, chercheur en mathématiques, m'a demandé d'écrire son histoire. J'ai hésité au début, j'ai proposé de l'aider, mais il disait que seul il ne saurait jamais faire.

Je l'ai écouté des heures, je l'ai accompagné dans ses pérégrinations hospitalières et j'ai découvert un monde passionnant, empli d'une matière riche et féconde pour l'écriture. Je suis devenu ami avec le professeur d'urologie qui le suivait, qui m'a, à son tour, encouragé à raconter l'histoire de ce patient. Selon lui, elle rendrait service à beaucoup de gens, et pas uniquement aux hommes qui subissent l'ablation de la prostate, mais aussi à leur entourage, leur femme, leurs enfants, leurs amis, qui ne savent comment réagir.

Je me suis vite trouvé dans une situation délicate : fallait-il, comme me le demandait mon ami, tout raconter, tout décrire, tout révéler ? Après réflexion, j'ai choisi de ne rien laisser de côté, d'entrer dans sa tête et me mettre dans sa peau. Un jour, relisant avec lui les premières pages que j'avais écrites, il m'a confié soudain l'étendue de sa douleur physique et psychologique, sa détresse et ses doutes. Là non plus, je n'ai pas voulu biaiser.

Durant ces mois passés avec lui, j'ai été bouleversé, j'ai eu des moments de peur et même de panique. Je me suis mis à consulter à mon tour et à encourager mes autres amis à le faire eux aussi.

Tout en imaginant certaines scènes, en les réinventant ou en les adaptant au rythme du récit, par moments, je ne savais plus si je traduisais ses fantasmes ou les miens. Je me suis pris au jeu et j'ai trahi la mission de l'écrivain public qui doit s'en tenir à la plus stricte objectivité. Nous en avons parlé et il m'a dit que c'était bien cela qu'il voulait.

1

Changé

Depuis que je ne baise plus, je me sens plus libre et j'aime de plus en plus les femmes. Je les aime mieux et plus qu'avant parce que le sentiment de liberté me donne des ailes, de l'humour et de la légèreté. Je les trouve belles, spirituelles, certaines plus merveilleuses que d'autres. J'en suis fou. Je pense à elles tout le temps et ne comprends pas pourquoi elles ne sont pas plus sensibles à ma disponibilité. Pourtant, si elles savaient, si elles pouvaient imaginer que je suis capable de les aimer comme on aime dans une histoire romantique, ou dans un bon mélo. Ah, si elles devinaient ce que je suis prêt à faire pour les célébrer, les honorer, leur donner du plaisir, des orgasmes fabuleux que j'irais chercher loin, au fond de leur âme, dans les plis de leur inconscient. Fini l'égoïsme masculin, fini les petits trucs pour ne pas perdre la face. Je n'ai plus de face. C'est bien commode. Je me dévoue entièrement à elles. Je sais comment combler leur désir, comment le marier à toutes les audaces, à la folie. J'ai un don maintenant : je perce, je dévoile, je découvre et je comprends ce qui se cache derrière les apparences que les femmes exposent par peur, par timidité ou par hypocrisie.

Mon instinct me mène vers vous, ô femmes que j'aime et que j'attends avec patience, impatience, avec joie, folie, obsession. Chaque rencontre avec vous est un feu d'artifice qui m'aveugle, me donne ivresse et légèreté. Je vole, je chante (mal mais je m'améliore), je ris, je danse, je cours et je reviens vers vous les bras ouverts. Champagne dans les coupes et dans l'air, dans la musique et dans les fleurs. Tout est champagne, tout est lumière. Tout pétille à la moindre étincelle. Plus besoin de tomber dans un sommeil profond pour rêver. Il me suffit de tendre la main vers vous. Les draps en soie ne sont plus nécessaires. L'amour n'a pas besoin de décor. Ou alors un décor grandiose comme ceux qu'Alexandre Trauner fabriquait pour des films de légende.

Depuis que je ne fais plus l'amour, je me contente de mes souvenirs. Je suis plein de souvenirs. Dès qu'on me touche, ils surgissent de partout, comme des impacts sur une cible se démultipliant à l'infini. Ils se bousculent dans ma tête, dans mon sang, dans mes paroles. Je suis un hangar à souvenirs. Il suffit que je me baisse pour ramasser de quoi passer la journée et surtout la nuit, car je suis insomniaque. Mes nuits sont blanches et inutiles. Mon insomnie ne me sert à rien, ni à lire ni à regarder un film ou écouter de la musique, ni à résoudre les énigmes de la science. Je ne suis pas un artiste, mais j'écris des poèmes que je ne montre pas et que je ne publierai jamais. Des poèmes où j'ose et dis tout, puis que je cache dans un tiroir secret. Le jour, je suis chercheur en mathématiques, passionné par cctte matière, même si j'en déplore la sécheresse et parfois l'aspect hermétique ou absurde. J'ai toujours été attiré par cette discipline. Une véritable galaxie où je me réfugie même si j'y suis guetté par la folie. J'ai peur de finir ma vie dans un asile. Quelqu'un m'a dit un jour que les mathématiques et la poésie se ressemblaient. Elles obéissent à la même rigueur. Dans une formule, si l'on déplace une virgule on chamboule tout ; il en est de même en poésie, le mot doit être à sa place exacte, même si ce n'est pas sa place habituelle.

Mon insomnie est méchante. La nuit, tout m'énerve. Tout m'exaspère. Je bute contre le temps. Je marche sur la tête, je parle tout seul, je gratte le plancher. Je suis un autre. Je m'étonne moi-même d'être ainsi habité par un double qui attend le coucher du soleil pour me narguer et m'empêcher de tomber dans le puits du sommeil. Le sommeil est une question de chute dans le vide, dans l'inconnu. Je résiste. Mon corps se raidit, mes dents se serrent (je porte des gouttières pour protéger mes dents qui ont tendance à s'entrechoquer et à grincer) ; je refuse la nuit. Heure après heure, je voyage dans mon lit, changeant de position comme si mon corps était allongé sur une planche à clous. Je ne supporte pas le bruit feutré de la sonnerie du réveil. À quoi sert un réveil quand on ne dort pas ? Je pourrais intuitivement donner l'heure à n'importe quel moment de la nuit. Un jour je l'ai cassé, ça n'a pas résolu mon problème. C'était un réveil fabriqué en Chine. J'en ai acheté un autre, *made in Germany*. Il fait moins de bruit. Les objets sont mauvais. La nuit, le bois dont est fait mon lit travaille. Il se dilate, s'étire, et craque soudain. Je sursaute. Je suis seul. Le temps où je partageais mon lit est loin. C'est si beau pourtant de dormir enlacé à l'être qu'on aime. Mais n'étant presque jamais apaisé, je ne prends pas le risque de dormir avec une femme. Je ne peux parvenir à m'endormir que lorsque je suis seul. Je refuse de partager mes insomnies avec qui que ce soit. Mes nuits sont un calvaire et je résiste à mon corps défendant.

Avec Catherine, ma femme, nous faisions chambre à part. Notre amour était tendre, il s'était transformé en quelque chose de précieux où la sexualité avait été dépassée. Elle savait que je fréquentais d'autres femmes ; elle feignait de l'ignorer. J'étais discret et il m'arrivait de me sentir coupable. Mais ma lâcheté était plus forte que ma culpabilité. Un matin, elle ne s'est pas réveillée. Comme je le faisais deux fois par semaine, je lui apportai le petit déjeuner au lit. Elle aimait cette attention. Je la réveillais toujours en musique — elle adorait Mozart —, glissant un CD dans la chaîne puis ouvrant les rideaux. Ce jour-là, je crus d'abord qu'elle dormait profondément. Je m'approchai d'elle et lui caressai la joue. Elle était glacée. Je la secouai, renversai, en m'agitant, le plateau du petit déjeuner sur le lit, du café brûlant se répandit sur ses cuisses, mais c'est moi qui hurlais…

Morte à quarante-huit ans dans son sommeil. Son cœur s'est arrêté. Tout simplement. J'ai mis plusieurs années avant de m'en remettre. Notre complicité était magnifique. Notre amour avait quelque chose de rare, de paisible et de profond. Elle me disait : je supporterais tout, sauf que tu tombes amoureux d'une autre…

La mort brutale rend le deuil impossible. J'ai horreur de l'expression « travail de deuil ». Quel travail ? Et pourquoi charger le temps d'éloigner de nous l'être qu'on a aimé ? Afin de vivre mieux ? Tant qu'on se souvient de cet être, il est vivant, dans notre cœur, dans nos souvenirs, dans ce que nous sommes, ce qui fait de nous mémoire et oubli. J'ai changé de maison et abandonné tout ce qu'avait connu cette épouse que j'ai tant aimée. Je ne voulais pas que les lieux et objets gâchent mes souvenirs. J'ai failli changer aussi de pays, mais mon travail de recherche ne pouvait se faire qu'à Paris.

2

Le tournant

Cinq ans après la mort de ma femme, ma vie a pris un tournant. Mon corps soudain a changé. Son fonctionnement, son rythme, sa respiration. La modification s'est opérée de l'intérieur. Mon esprit aussi a été brutalement malmené par ce qui est arrivé. Pour une fois, pas de divorce entre le corps et l'esprit. Ils sont chez moi tous les deux en mauvais état, secoués, dérangés. Mon corps est à présent une pauvre chose tombée à terre et que l'esprit peine à relever.

Voilà : je ne bande plus. Ma verge est morte, réduite à une vague présence sans vie, sans chaleur, un truc qui pendouille, une peau ridée par où passe l'urine, l'urine et rien d'autre. Je n'ai plus de sperme. Rien. Pas de liquide séminal. « De toute façon, il ne vous servirait plus à rien. Vous n'avez pas l'intention de faire des enfants, n'est-ce pas ? », m'a-t-on dit.

Terminus. Ma vie sexuelle ressemble à présent au hall de n'importe quelle gare. Un vent glacial le traverse, des voyageurs courent pour attraper un dernier train, des amoureux s'embrassent. Des clochards de plus en plus jeunes traînent et parlent à leur chien. Il fait froid, il fait hideux, il fait malheur, un drame silencieux, une souffrance muette. Je n'ai plus la notion de la géographie. Que je sois à Paris, à Genève ou à Alger, je ne sens plus la différence. Mon souffle s'est éteint. Il est suspendu. Le sang qui gonfle le pénis ne passe plus. Il est prévu qu'il revienne, mais pas tout de suite. Pour l'instant il est en panne. Les petits nerfs ont été étirés, certains se sont cassés, la préservation de ces bandelettes nerveuses n'est pas assurée à cent pour cent. Il faut du temps pour qu'elles se reconstituent. C'est ce qu'on m'a dit. Question de statistiques. 70 % de chances pour que ça reparte. Je me vois dans les 30 % restants. Forcément. Pour un mathématicien, je suis servi. Il faut attendre. J'attends sans attendre. J'ai dépassé le cap des cinquante ans ; je me projette facilement dans le temps, je me vois déjà à soixante-dix ans. J'observe le bonheur qui se lit sur le visage de mon chef de département qui, à plus de soixante-quinze ans, vient de se remarier avec une femme beaucoup plus jeune que lui. Apparemment sa prostate ne lui fait pas de misères. En vérité, j'ai cinquante-six ans. On me dit souvent que je ne les fais pas. Faire son âge ! Moi je ne fais rien. Je souffre en silence et me résous à ne plus avoir de sexualité, moi qui ai passé ma vie à courir les femmes, cela m'a même valu une réputation auprès de mes collègues de bureau.

Moi qui aime me laisser aimer, qui adore les accueillir comme des fruits du paradis tombés entre mes mains, j'abdique, je dépose les armes, je m'incline, je ne suis plus un homme. Je n'ai pas le choix. Cela m'est arrivé sans vraiment prévenir. J'ai pourtant toujours fait attention à ma santé. Je ne suis pas hypocondriaque, mais je contrôle régulièrement les principaux rouages de ma machine. Je suis dans la prévention. Certains chiffres sont trompeurs. Mon taux sur une prise de sang appelé PSA (*prostate specific antigen*) n'était pas très élevé, il était même en dessous du seuil critique.

Si je n'avais pas participé à un colloque à Athènes consacré à « Médecine et mathématiques », je n'aurais probablement pas été opéré ni sauvé. C'est là que j'ai rencontré le professeur J. F. Une amitié immédiate est née entre nous. Je savais qu'il était considéré comme l'un des meilleurs, sinon le meilleur urologue de Paris. À mon retour, je vais le consulter, comme il me l'avait spontanément proposé. Nos origines bretonnes nous rapprochent très vite. Nous parlons de nos passions communes pour l'alpinisme, pour la marche et le champagne. Il aurait voulu être mathématicien et moi médecin. Mais je suis bien trop sensible ou plutôt trop rêveur. Il m'examine, me prescrit des analyses. Tout va bien, rien à signaler.

Et puis un beau jour, il m'appelle : passe me voir, j'ai quelque chose à te dire. Il a mes derniers résultats. C'est le mois de mai. Tout se passe très vite. Sur une ordonnance est inscrit le programme qui m'attend : toucher rectal, échographie, biopsie, IRM…

Le 4 juillet, me voilà sur une première table d'opération. Mon rectum est disponible ; c'est la voie par laquelle passent les outils d'exploration, sonde ultrason et autre ballon étalant la prostate. Couché sur le côté, j'ai le cul bien en place pour l'introduction d'un appareil qui voit et montre. J'imagine ce que fait cet outil à l'intérieur, ce qu'il cherche, ce qu'il note. Je n'arrive pas à penser à autre chose. Mon esprit est branché sur cet instant précis où je devine ce qui se passe dans mon corps. On ne peut pas penser à rien. J'imagine et je vois des images sombres, des plans rapides comme dans un film en accéléré, je crois percevoir un couloir qui mène vers la lumière.

Une semaine après, pour la biopsie, je suis installé jambes en l'air, comme une femme pour un accouchement. Ma prostate a été divisée en douze parts, une sorte de gros et long stylo muni d'une aiguille y prélève des carottes comme sur un terrain d'intérêt géologique. Douloureux ? Même pas. Tout au plus désagréable. Je me dis que, devant un pareil traitement, la partie méchante va se décourager ou qu'elle va jaillir comme un geyser de pétrole et s'enfuir de moi. Je me fais des idées. Il faut bien occuper son esprit au moment où la science s'occupe de vous.

À cet instant toutes mes pensées sont projetées vers

l'avenir. Et si l'examen précis des douze prélèvements s'avérait positif? Et si l'appréhension du professeur J. F. se révélait juste? Connu pour ne pas se tromper de diagnostic, il m'a préparé à l'intervention. Je comprends soudain que notre amitié est un handicap. Ses paroles avant la biopsie me reviennent soudain : « Ce n'est pas moi qui ferai l'intervention. Je te laisse entre les mains du docteur Alvarez, il en fait tous les jours, moi, je risque d'être ému... » Pourquoi serait-il ému? Un chirurgien qui a peur de ses émotions...

Le docteur Alvarez, lui, n'est pas mon ami. Il arrive souriant et me dit : « On en a pour quelques minutes, détendez-vous. » C'est lorsqu'on vous demande de vous détendre que tout se bloque et qu'on ne contrôle plus ses nerfs. L'appareil qui prélève est introduit au fond du rectum; il est froid, c'est du métal; chaque fois qu'il s'empare d'un morceau, on entend un claquement comme un coup de fouet. Douze claquements secs dans un silence total. Douze pincements. Personne ne parle. Je ferme les yeux et j'essaie de ne penser à rien. Il est difficile de vider son esprit et d'atteindre le rien. Je suis plein d'images. Je suis ailleurs. Pas vraiment. Une infirmière me demande de ne pas bouger. On prend dans ma prostate douze morceaux qui ne m'appartiennent plus; ils étaient chauds, vivants, maintenant ils sont dans le formol pour examen. Ma chair n'est plus à moi. Mon corps non plus. J'ai l'impression que je l'ai donné à la science.

La petite opération n'a pas duré plus d'un quart

d'heure. Je me dis : ils auraient pu faire ça sous anesthésie générale, puis je me lève, j'ai un peu mal, je suis gêné, je me rhabille et j'essaye d'oublier. Je suis assez soulagé d'avoir passé cette étape. Je m'arrête devant une plante et je palpe une feuille. Horreur ! Elle est en plastique. Ce n'est pas bien grave. J'observe les autres patients qui attendent leur tour, je me compare à eux, je devine leur âge. Un Africain, grand, musclé, on dirait un de ces sportifs qui battent des records. Je me dis : lui aussi ! Ensuite mon regard se pose sur un homme plus âgé, sa femme lui tient la main, il a la tête baissée comme s'il avait perdu quelque chose. Puis un autre homme, petit, racé, la peau bronzée, il porte autour du cou un bijou représentant la Corse, il est seul, lit *Nice-Matin* à la page Sports. Un homme grand et sec, en tenue de sport, attend aussi en lisant un roman policier. Il est complètement absorbé par sa lecture. J'aimerais lui demander de me raconter cette histoire qui le passionne tant. Je détourne le regard. Une aide-soignante bien enrobée passe et me frôle. Ça me laisse indifférent. C'est la première fois que je ne ressens à ce point aucun désir. Drôle de sensation. Apparemment j'ai déjà évacué la libido. Je vais peut-être un peu vite en besogne. Je suis déjà en train de me préparer pour l'étape suivante.

La prochaine étape c'est l'IRM. Encore une découverte. Je me dis « ièrème », je répète ces trois lettres et j'ai une très vague idée de ce qu'elles désignent. Je déteste les abréviations. Imagerie par résonance magnétique. Les images qui en sont issues résultent de gigantesques programmes informatiques exclusivement dédiés à l'exploration du vivant. Moi qui me plaignais de la sécheresse des mathématiques ; elles ne sont pas rancunières. Je fais les cent pas dans la salle d'attente. Je suis incapable de me concentrer. Je suis un autre, ma mémoire vacille, tout vacille. Je me dis : qu'est-ce qui m'arrive ? Je pense à Catherine et j'ai envie de pleurer. Je fixe le mur et j'essaye de lire une affichette où un jeune homme sourit avec cette phrase, écrite en dessous : « Je suis amoureux, je fais le test. » Je me dis : mais moi je ne suis amoureux de personne. Je mets du temps avant de réaliser qu'il s'agit d'une campagne contre le sida. Je me souviens de la première fois où j'ai fait le test de dépistage du VIH. J'ai reçu une lettre me convoquant chez un médecin. J'ai eu peur, très peur. À l'époque on chargeait le médecin traitant d'annoncer le résultat. Négatif. J'en avais été soulagé et j'étais devenu un militant du dépistage, j'avais même donné de l'argent à des associations de prévention. Là, c'est autre chose. On va passer mon bassin au crible. Je suis assis et je n'ai aucune envie de lire le livre d'un médecin qui raconte comment il est en train de vaincre son cancer. Son bel optimisme vient d'être réduit à néant : il s'est éteint cette nuit à l'âge de cinquante-quatre ans, je l'ai entendu à la radio juste avant de partir faire mon examen ! J'oublie exprès le livre sur la banquette et je me lève quand une infirmière m'appelle.

L'IRM, m'a-t-on expliqué, va servir à confirmer une petite anomalie suspecte détectée à l'étape précédente. J'attends encore deux heures avant que mon tour n'arrive pour passer cet examen sophistiqué. Je suis impressionné par l'avancée de la technique et de la science. Je pense à l'état de la médecine quelques décennies auparavant. Je me dis : l'humanité est formidable, elle est capable du pire mais aussi du meilleur. Dans la salle d'attente, je viens d'entendre un brave Algérien, la soixantaine fatiguée, décrire à sa femme, qui l'avait attendu patiemment, l'examen qu'il vient de subir.

«J'avais le choix entre la tombe et la fusée.» Il parle de manière si distincte que tout le monde peut l'entendre. Voyant que son épouse ne comprent pas ce qu'il veut dire, il se met à lui raconter les choses en détail : «On m'a retiré mes vêtements, j'ai gardé mon slip. Je me suis couché dans une sorte de civière, un tube comme celui des gens qui vont sur la Lune. On m'a attaché et, surtout, on m'a mis des casques sur les oreilles. Au début, il y avait de la musique, ensuite un bruit assourdissant par intermittence. La civière s'est mise à avancer lentement et à entrer dans un tunnel, ma tête touchait presque le plafond. Ça avançait, ça tournait, ça revenait, je ne sentais rien, ni piqûre ni pression, c'était comme une promenade dans le tunnel de la mort. Je crois que c'est ça le chemin que notre âme emprunte pour retrouver Dieu. C'était interminable. À quoi je pensais? Aux enfants... et à toi. Oui, je l'avoue, c'est la première fois que j'ai pensé à toi. Et puis j'ai senti la mort me frôler comme l'aile d'une hirondelle... Ce n'était pas le printemps, ni l'hiver, je crois que c'était l'été, car il faisait chaud dans la cabine étroite. J'avais les yeux fermés en permanence ; il n'y avait rien à voir. Tout mon corps a été fouillé, ils ont tout vu, analysé, je suis comme neuf. L'IRM, c'est comme une radio totale, qui photographierait tous les membres du corps, même les plus enfouis à l'intérieur de moi... Drôle d'impression. Bon, c'est fait, maintenant faut attendre ce que va dire le médecin. Allez viens, on s'en va, je me sens étrange. Je ne sais plus quand on aura les résultats, demande à la dame quand on doit revenir voir le docteur... »

Son épouse lui a donné le bras, j'ai noté tout de suite ce geste tendre à son égard. C'est seulement après qu'elle a passé son sac sur son épaule, et ajusté son foulard sur la tête avant de quitter la salle d'attente avec lui sans se retourner vers nous. Je les voyais de dos et j'imaginais leur complicité, leur amour. C'est alors que l'image de Catherine a surgi comme dans un flash. Elle me tendait la main. Je faillis me lever et la suivre. Je baissai les yeux et essuyai une larme. Si elle avait été là, je me serais senti plus fort face à cette épreuve. Veuf et inconsolable.

J'obéis au médecin. Je suis comme un automate. Je n'ai aucune appréhension. Je ne suis pas claustrophobe. Je suis les indications et me laisse analyser par ce grand appareil qui fait des miracles. Dedans mes pensées s'embrouillent. Mais l'image de Catherine m'accompagne. Elle est jeune et resplendissante. La mort lui va si bien, mais une mort illusoire, car tant que je pense à elle, elle reste vivante, là dans mon cœur. Je l'entends me dire : ce n'est rien, je suis avec toi, tu verras, tu t'en sortiras très bien, tu es fort, je t'aime mon amour…

3

La décision

ABLATION, n. f. — action d'enlever entièrement ou partiellement un organe... Enlever, retirer, soustraire dans le but de supprimer la méchanceté du mal, soulager et en subir les conséquences. Après, je serai un homme moins quelque chose. Un homme un peu, un tout petit peu abîmé. Ça ne se verra pas. Personne n'ira vérifier si je suis entier ou non. Mon imagination me joue des tours, elle va plus vite que mes pensées, elle me précède et me présente un spectacle où je ne me reconnais pas. Pourtant, j'ai fait un effort pour ne pas tomber dans son piège. Les mathématiques nous apprennent assez tôt que nous sommes le temps et que c'est pure illusion que de croire le maîtriser. Moi, je n'ai pas maîtrisé grand-chose dans ma vie. Cette fois-ci je suis seul face à moi-même. Je dois décider et personne ne le fera à ma place. D'habitude je délègue. Catherine m'aidait beaucoup dans ces moments-là. C'est fou ce qu'elle me manque. Je me souviens du jour où, après une visite chez son médecin, elle m'avait dit : « Il soupçonne une petite méchanceté dans le sein gauche ; il m'a suggéré l'ablation, solution radicale pour barrer la route au mal, et puis un sein ça se remplace… » Elle expliquait cela sur un ton banal, comme si elle n'était pas concernée. Le jour de l'intervention je passai un long moment dans les couloirs de l'hôpital en l'imaginant avec un seul sein. Quelques mois plus tard, toute triomphante, elle entra dans mon bureau, ouvrit son chemisier et me dit : « Cet été je serai topless sur toutes les plages où tu m'emmèneras. » Nous avions ri et fêté l'événement. La chirurgie esthétique imite à la perfection la nature. Impossible de repérer lequel des deux est le faux sein.

C'est moi et personne d'autre qui ai pris la décision finale. L'ablation, ou, pour utiliser le terme exact : la prostatectomie totale. Je m'étais bien renseigné et je savais parfaitement ce que cette intervention impliquait, à savoir une sorte de paralysie de l'érection. Le corps caverneux n'est plus oxygéné, etc. Quand un patient choisit la prostatectomie, on le prépare psychologiquement. Le professeur J. F. s'en est chargé personnellement. Il m'a reçu et m'a rassuré : « On prend les choses à temps. Heureusement que nous nous sommes rencontrés. Il y aura quelques désagréments mais tout finit par se remettre à sa place. Il faut avoir de la patience et se dire que ça aurait pu être bien plus grave… » Il m'a montré les conclusions d'une réunion pluridisciplinaire qui ne laissait pas de doute sur la nécessité de l'intervention.

Les avis de quelques amis médecins que j'interrogeai allaient tous dans le même sens. Jusqu'à ce que je rencontre par hasard l'un de mes anciens professeurs de fac, dans un autobus, qui sema le doute en moi. À soixante-dix ans, il était encore en pleine forme. Il m'invita à prendre un café. Je lui parlai de mon opération prochaine et lui demandai son opinion. Il était formel : « Mon ami, tu es jeune, fais de la curiethérapie ! Aujourd'hui on opère de moins en moins. On préserve la fonction érectile. C'est important. Oui, je sais, il y a un risque, le cancer peut récidiver, mais tu continues d'avoir une vie sexuelle normale et je dirais même performante. Je sais de quoi je parle. »

Il répéta le mot en séparant les syllabes : « Cu-rie-thé-ra-pie ! On traite de l'intérieur en introduisant des grains radioactifs dans la prostate, qui bouffent les cellules cancéreuses. Après tu n'as aucun désagrément. C'est un progrès formidable. » Et il me cita des tas de noms de personnalités qui avaient parié sur cette méthode. J'avais beau l'écouter, je ne pouvais m'empêcher de penser à Damien, l'un de mes amis qui avait passé dix ans à soigner des métastases pour finir par mourir dans d'affreuses souffrances. Je n'ai jamais été un joueur de poker. Mon père m'a appris la prudence. Parfois je vis cela comme un défaut. La frontière entre la prudence et la peur ou la lâcheté est mince. Mais oser parier sur le bien-fondé de l'opération était bien au-delà de mes forces.

Je suis retourné voir le professeur J. F. pour l'interroger sur cette fameuse curiethérapie. Il confirma ce que m'avait dit mon professeur, mais ajouta : « Ton cas est différent ; il y a quelque chose de méchant dans ta prostate ; tu as tout intérêt à l'éradiquer. Le type de cancer que tu as est trop agressif pour que la curie marche. Ce traitement est bien dans des cas où le cancer n'est pas trop avancé, voire dans des cas où il n'aurait même pas besoin d'être soigné. Mais c'est à toi de décider. Je te prends un rendez-vous avec le docteur Laplace, grand spécialiste de cette méthode. Je lui envoie ton dossier ; s'il juge la curie possible, alors on fait la curie ; sinon, l'ablation... » Ensuite il m'a remis une lettre pour le docteur Laplace.

Je ne suis pas allé au rendez-vous avec le docteur Laplace. J'ai ouvert la lettre et l'ai lue :

Cher confrère,

Je t'adresse pour avis sur une possible curiethérapie mon patient M. Lefranc. Tu trouveras ci-joint le double de la RCP de notre centre et des biopsies prostatiques réalisées. Pour résumer la situation, il s'agit d'un patient ayant une tumeur Gleason 7 (3+4) T2a Nx Mx avec un PSA de départ à 3,37 ng/ml...

J'ai lu ensuite le compte rendu de la réunion pluridisciplinaire.

Aucun risque. Je ne voulais prendre aucun risque. Après la curie, s'il y a récidive, on ne peut plus rien faire… On ne peut pas opérer. La situation se complique et le cancer se promène…

Cancer… le mot est à peine prononcé. On vous parle de tumeur… et pour soi on fait un jeu de mots : tu meurs… On rit nerveusement. Avant même l'opération, on vous propose des scéances de rééducation du périnée. Deux ou trois « séances de rééducation périnéale avant prostatectomie ». Pour cela, on vous demande d'acheter une sonde anale de rééducation Incare 9890. Une jolie femme au parfum frais et fruité, mince et souriante, vous installe sur une table, vous avez le cul en l'air, elle introduit la sonde dans l'anus et vous demande de respirer, puis de suspendre votre respiration afin d'habituer votre sphincter à vous obéir. Le pénis disparaît, dans cette position vous préférez fermer les yeux plutôt que de voir ce qui se passe. La jolie femme vous parle doucement, vous l'écoutez : « Après l'intervention, votre urètre ne sera plus tenu, il se baladera et vous ne pourrez pas contrôler votre vessie… Grâce à ces exercices, on vous rééduque par avance… » Vous vous demandez : « Pourquoi cette femme si délicate, si charmante passe-t-elle ses journées en face d'anus en l'air ? Pourquoi a-t-elle choisi ce travail en particulier ? Après tout ce n'est pas mon problème… Une si jolie femme… »

Et, pendant ce temps, lentement, dans votre tête vous devenez un eunuque. Là-dessus le dictionnaire est éloquent : « Homme châtré qui gardait les femmes dans les harems ; homme qui a subi une castration ; homme sans virilité... » Serai-je châtré, castré, après l'ablation ? Bon pour me mettre au service de quelque émir le restant de ma vie... Non, bien sûr ! Restons calme. Je croyais que cette condition n'existait que dans les contes du Moyen Âge ; jamais je n'avais pensé que des eunuques vivaient parmi nous. Rien ne trahit leur état. À quoi reconnaît-on un eunuque ? À sa voix, paraît-il.

« On retire la prostate ; on n'enlève rien d'autre, rassurez-vous. » J'avale les informations et je ne dis rien. Discipliné et surtout confiant. Je me prépare à vivre une année « sans ». Cette absence m'obsède même si je suis persuadé qu'elle n'est pas définitive. Je vis avec comme un petit deuil. Non, le deuil est un mot trop fort, pourtant il y a quelque chose de mort dans cette histoire, pas uniquement le sexe mais aussi certaines habitudes, certaines attitudes. Sans prostate, on se voit mis de côté, dans une éternelle salle d'attente où on ignore ce qu'on attend et pour combien de temps. Mis de côté, déposé, placé en instance et, comme un paquet que personne ne réclame, au bout d'un an et un jour on se débarrasse de vous. On se voit assis sur un banc sous une lumière blafarde et on regarde le sol qui est si propre qu'on se dit qu'il n'y a même pas de fourmis dont on pourrait suivre le va-et-vient. Non, le sol a été nettoyé plusieurs fois par jour. Il brille. Il est impeccable. Ça sent les détergents. Alors on s'imagine sur un autre banc dans un jardin où il fait froid, où les gens passent sans vous voir, chacun vaquant à sa destinée. La vôtre a quelque chose d'étrange. Et on se dit, immanquablement : « Pourquoi moi ? Qu'ai-je mal fait dans ma vie pour que ça m'arrive ? Est-ce une punition divine ou humaine ? Est-ce la vengeance de certaines femmes que je n'ai pas su aimer ? Pourquoi me sentirais-je coupable ? Après tout je n'ai rien fait de mal… » C'est stupide mais humain.

Je regarde autour de moi. Des sportifs en bonne santé passent en courant. Ils puent la bonne santé. Je n'ai pas envie de leur ressembler. J'ai appris très tôt qu'il ne fallait jamais envier les autres. Chacun est à sa place, chacun a son destin. Pour tout l'or du monde je n'échangerais le mien contre celui de ce type costaud, grand, assez beau et qui est en train d'embrasser une fille magnifique. Non, c'est bien ainsi. Je me dis qu'il développe peut-être une maladie silencieuse, qu'il mourra peut-être tué par un arbre un jour de tempête ou bien lors d'une avalanche de neige parce qu'il a le type du skieur de fond. Non, définitivement, les destins ne s'échangent pas et puis ça ne sert à rien d'épiloguer là-dessus. Je regarde par terre et je pars dans le passé. Je me souviens de mes premières érections du matin ; je craignais que ma mère s'en rende compte.

J'allais vite dans la salle de bains. L'eau froide la faisait tomber. Puis les jeux avec les voisines, le frottement des corps tout en faisant semblant de jouer à autre chose. L'insouciance, les rires, les cris de la plus jolie et puis ses seins, le petit duvet sur son pubis. Elle ne se laissait pas faire, mais aimait sentir ma verge contre elle, avant de me repousser. C'était la belle époque des vacances en Bretagne où mes parents avaient une jolie maison sur l'île de Bréhat. On ne disait pas les choses mais on jouait à l'amour, sans gravité, sans conséquence. Pourquoi avons-nous souvent l'impression que l'époque de la préadolescence est si légère ? Illusion, arrangement avec le temps.

Je fais mentalement des sauts en parachute. Je passe d'une époque à une autre, avec toujours cette relation sans drame avec le sexe. Ni drame ni névrose. Pourtant j'ai consulté des psychothérapeutes, j'ai fait une analyse qui a duré cinq ans, j'ai lu Freud et même Lacan. Rien à signaler. Non que je sois un homme comblé, mais je ne me connais pas de problèmes particuliers liés à ma sexualité. Je suis un type normal, simple et direct, privilégiant l'humour et le rire. Sans ça l'amour est triste, il devient quelque chose de psychorigide ou de simplement conventionnel. Longtemps j'ai joué au romantique, j'écrivais des poèmes et dessinais des personnages aux allures d'anges. Je sentais que c'était vaguement ridicule, mais mes copines à l'époque aimaient cette naïveté.

4

L'intervention

J'ai bien dormi la veille de l'intervention. Une infirmière est passée me raser le pubis et tout autour. Je lui ai dit : «J'aurais pu le faire», elle m'a répondu : «Non, moi j'ai l'habitude.» Je suis devenu imberbe. J'avais mis mes bas à varices pour empêcher une phlébite. Le professeur J. F. est passé me voir le soir, il était rassurant, m'a raconté une blague et m'a souhaité une bonne nuit. Je ne me souviens plus si j'ai fait des prières. J'ai pensé à mes enfants et je n'étais pas inquiet. J'avais écrit à mon fils aîné et envoyé mon testament à maître Lambert. Ma confiance en lui était totale. Pas tout à fait une nuit comme les autres. J'ai eu l'impression que tout avait démissionné en moi. Je me livrais à la science. Et j'avais bonne conscience.

On est venu me chercher tôt le matin. J'étais nu dans une blouse bleue maintenue par des boutons-pression, une «charlotte» sur la tête. J'ai regardé le ciel qui était blanc. J'ai pensé à ceux qui profitaient des premiers jours de vacances. Je me suis rappelé que cette année je devais aller à l'île Maurice, un endroit que je connais bien. Je me suis dit que je m'y rendrais pour ma convalescence. Peut-être qu'une amie m'accompagnerait. Dans le bloc opératoire des gens s'activent. Je crois entendre quelqu'un dire : « C'est un ami du patron. » La main de l'anesthésiste se pose sur mon visage. Puis plus rien. Une absence. Une parenthèse. Un blanc dans la vie. Une petite mort, comme on dit. Ce n'est pas la première fois. Je redoute le réveil et la soif. L'instant d'après (en fait quelques heures après), je me réveille doucement. Je réclame de l'eau. Quelques gouttes. Mes lèvres sont sèches, dures et sèches. Ma langue lourde. Je n'ai pas mal. Envie de dormir.

Quand on me ramène dans la chambre, je découvre que je suis relié à des tuyaux : une sonde vésicale est enfoncée dans la verge ; j'ai deux drains aspiratifs de chaque côté de la cicatrice qui est au milieu du pubis, sept à huit centimètres ; une perfusion dans le pli du coude ; un tuyau qui diffuse de l'oxygène dans le nez. Difficile de bouger. Dès que je fais un mouvement ça tire sur un des liens. Dans la main on m'a glissé une gâchette sur laquelle je dois appuyer si je veux me délivrer une dose de morphine. Je suis bien pris en charge. Des infirmières et des aides-soignantes passent. Elles me disent à chaque fois un mot gentil et m'expliquent leur rôle. Elles sont toutes belles et gaies puisqu'elles s'occupent de moi. Deux d'entre elles font ma toilette sans me déplacer du lit et sans la moindre fausse pudeur. Je suis un corps, simplement un corps. Je me sens en confiance entre leurs mains si délicates. J'ai envie de les embrasser, de leur offrir un cadeau, de leur dire merci. Comment se fait-il que ces femmes qui exercent si bien leur métier soient si mal payées. La nuit, les infirmières de garde passent, me réveillent pour me donner le médicament de 3 heures. Le matin leurs remplaçantes viennent me demander si j'ai bien dormi, si je vais mieux…

Ce n'est que le lendemain que j'ai senti que quelque chose manquait. On parle en général d'« ablation » à propos de quelque chose qui dépasse, un membre extérieur. Là, la prostate c'est à l'intérieur. J'imagine les mains du professeur J. F. la détacher puis la retirer sans forcer. Je vois l'opération. Je me sens léger. Je me dis qu'on a tout enlevé y compris la partie dure où s'était niché le cancer. Je me sens rassuré. À aucun moment je n'ai pensé que j'étais malade. Un ami m'avait conseillé de me faire opérer par un robot. Il paraît que c'est courant en Amérique. J'ai réfléchi : un robot est dirigé par une main humaine. Il devient un prolongement de la main. J'ai préféré que ce soit la main du professeur J. F. qui fasse le travail. Le robot c'est de la technique juste pour impressionner le patient et faire entrer plus de fric dans les caisses des cliniques.

Et puis est venu le jour dont j'avais tant entendu parler : celui où l'on vous retire la sonde. Ce ne pouvait être que douloureux. J'imaginais ce truc traverser l'urètre dans l'autre sens. Il ne fallait surtout pas que je me bloque. J'avais peur de ne plus pouvoir pisser ou le contraire, ne plus pouvoir me retenir. En fait les choses sont assez simples. Le professeur J. F. m'a prescrit des anticoagulants et m'a dit de garder mes bas antiphlébite. On m'a retiré la sonde. J'ai pissé du sang. J'ai eu mal. C'est tout.

Au bout d'une semaine j'ai quitté l'hôpital. Le professeur J. F. m'a prévenu que j'allais avoir des moments de déprime. J'ai repensé à ce qu'on appelle les « bénéfices secondaires » de la maladie. J'allais profiter de mon état pour me faire gâter. Mes amis allaient m'entourer. Mes enfants et ma petite-fille étaient inquiets, je les rassurai.

La déprime est venue plus tard, quand je me suis retrouvé tout seul dans mon grand appartement. J'ai demandé à mon aîné de venir habiter chez moi quelques jours. Il ne pouvait pas à cause de son travail; il tournait un film en Corse. Il m'a appelé souvent. J'ai réalisé à cette occasion combien la solitude pouvait être dure. Je me suis mis à écouter de l'opéra. J'avais une pile de CD encore sous cellophane. Ma convalescence s'est passée en musique. Il y avait de la tristesse dans l'air. J'étais incapable de reprendre mon travail. Je n'arrivais pas à lire les romans qu'on m'avait offerts, des polars, des livres dits légers. J'ai fait une allergie aux journaux et magazines d'information. Tout me paraissait vain, sans importance. Je me sentais diminué. Mais ça ne se voyait pas. À la limite il n'y avait que moi pour savoir ce qui me diminuait. On m'avait retiré un organe. À la place, il n'y avait plus rien. Un trou. Béant. La déprime commence par ce constat.

5

Dépression

La dépression. Je l'attendais, je l'imaginais, je la dessinais et puis je l'oubliais. Le fait d'être prévenu ne changeait rien à l'affaire. C'était comme ces manifestations sur la peau après avoir pris certains médicaments. Irruption de boutons, rougeurs anormales, nervosité exaspérée. Je dormais plus ou moins. J'avais pris l'habitude de me battre avec les fantômes du jour tout au long de la nuit. Là, j'étais disponible. Je ne me doutais pas que la chute se ferait lentement, sans bruit, sans fracas.

Elle est arrivée sans prévenir un matin. Je me suis réveillé, puis, assis au bord du lit, je suis resté figé dans ma position comme si quelque chose me retenait. Impossible de bouger, de me lever et d'aller comme tous les jours à la salle de bains puis à la cuisine préparer le café. Le temps passait. Je regardais le sol, le tapis, les draps, les objets autour de moi. Des journaux inentamés gisaient à même le sol, un livre ouvert, des escarpins en velours noir brodés à mon chiffre que Catherine m'avait offerts pour rire. Je les avais gardés, je les aimais bien. Ils étaient usés, mais je ne voulais pas m'en séparer. Durant une bonne heure j'ai pensé à ces escarpins que j'utilisais comme des pantoufles. Mon esprit était vide. Ma tête lourde. Mes bras collaient à mon corps. Mes mains bougeaient à peine. Je lisais à l'envers un titre du journal : « Marine Le Pen pourrait arriver au deuxième tour ». Une photo illustrait l'article : Marine dans les bras de son père. Je me surpris à me demander : qui est cette femme ? Bien sûr je savais qui elle était. Mais, ce matin, elle me parut une étrangère, une intruse dans ma vie. Avec le pied droit je repoussai le journal. Mes yeux se reportèrent vers le livre. Je me penchai pour en voir le titre. *Exit le fantôme* de Philip Roth, un cadeau du professeur J. F.

À l'autre bout de l'appartement, le téléphone sonnait. Plus ça sonnait, plus je me sentais incapable de m'arracher du lit. Qui pouvait m'appeler à cette heure-ci ? À part les enfants, je ne voyais pas qui avait besoin de moi ce matin. Mon congé maladie se prolongeait. Au bureau mes recherches étaient au point mort. Un jour il faudrait tout reprendre. Les mathématiques sont entêtées. J'avais appris à me noyer dans leur mystère. Un de mes professeurs m'avait dit : « Les maths, c'est comme la philosophie ou la poésie ; chaque mot doit être à sa juste place. » Je sais. Je l'ai déjà dit. Je me répète.

Plus rien ne me faisait d'effet. Je me sentais loin des maths et de la poésie. J'étais en train de devenir analphabète. Les mots, les uns après les autres, me quittaient, ils s'en allaient ailleurs. Je n'avais aucune prise sur eux. Je les cherchais, je butais contre certains, puis je me ravisais. Le langage s'appauvrit si vite. Impitoyable. On dit qu'on se vide de son sang ; moi je me vidais de mes mots.

Je tombe, je me laisse tomber, je coule, je touche le fond, je ne résiste pas, je ne dis rien, je suis abîmé, on m'a abîmé parce que je n'ai pas pu faire autrement. J'ai fait le dos rond, une eau croupie traverse mon corps. Je n'ai pas de mots étranges à prononcer. Ma langue est lourde. Ma langue est tombée. Rien pour la décoller, pour la mouvoir. C'est le creux, le grand trou qui m'aspire. Je n'ai pas de mauvaises pensées. Je sais qu'il faut passer par là et qu'ensuite tout ça s'éloignera de moi. Ce n'est pas moi qui prendrai du champ, mais la dépression qui m'abandonnera. Dans quel état me récupérerai-je ? Je n'ose l'imaginer. Mon errance dans le néant de ma vie présente m'occupe assez pour ne pas souffrir, pour ne pas avoir mal.

Je regarde l'heure sur le réveil. Tout est figé. Et moi je suis au fond du trou. Un puits ou une fosse. Des squelettes d'animaux, des pierres sales, des bougies éteintes, du sable et l'odeur suffocante de la pisse. Oui, il va falloir sortir de là, quitter ce trou, émerger comme le nageur fatigué, décidé à rejoindre la terre ferme.

Alors que se passe-t-il ? Cela fait partie de l'intervention, je me le répète. Une petite déprime après l'ablation. Ou peut-être pire : dépression après trop de pression. Rien ne me dit rien. Pas de panique. Juste de la patience et de la persévérance. Envie de pisser. Trop tard. Le pantalon de mon pyjama est mouillé. Les draps sont tachés. Il faut bouger, allez, lève-toi, je compte jusqu'à trois… Un, deux… trois. Rien à faire.

Ma mère me disait quand elle ne se sentait pas bien : « Des gravats sont tombés sur moi ; je suis couverte de poussière… » Là, je me sens couvert de pierres et de sable. Des pierres lourdes sur les épaules, sur le cou ; voilà pourquoi j'étais incapable de me lever tout à l'heure. Comment retirer ce poids ? Comment m'en libérer et passer à autre chose ? Je regarde mon pénis réduit à un trou par lequel passe l'urine. Aucune sensation. Pas le moindre effet. En levant les yeux je tombe sur une reproduction du *Bain turc* dont l'érotisme m'apparaît vraiment pour la première fois. Cette peinture ne m'intéresse plus. Mes yeux sont las. Je tends la main comme si je cherchais de l'aide ou un appui pour me tirer de là. Envie de rien. Pas faim. Pas de café. Dormir, mais les yeux ouverts. Fatigant. Cela fait plus de deux heures que je ne bouge plus. Cela ne m'était jamais arrivé. Je pense à Catherine. Elle me manque cruellement. Si elle était là, je ne serais pas dans cet état. Le vide, le rien, le vent imaginaire. Je sens mauvais. Si je pouvais me doucher sur place, ça m'arrangerait bien. Non, il faut se lever. Je glisse du lit et tombe par terre, la tête dans le journal. Je réussis à me mettre debout, j'avance péniblement jusqu'à la salle de bains. Des larmes coulent sur mes joues. Impossible de les arrêter. Peur de tomber et de me casser un bras ou le col du fémur. Je ne suis pas assez âgé pour ça. Pourtant, mes jambes ne me portent pas bien. Tout chancelle en moi. J'arrive enfin à déclencher la douche ; l'eau ruisselle sur mes habits et je me laisse arroser même si l'eau est froide. Je sens que ça me fait du bien ; je m'assois dans la baignoire et reçois les éclaboussures de l'eau qui tombent sur ma tête. En me levant je me cogne contre le mur. Je m'accroche au rideau en plastique. Je sors enfin de là, retire mon pyjama et me frotte la peau avec la serviette. Je me dis : si j'arrive à faire du café, je suis sauvé. Je bois un premier café puis un deuxième Je suis tout nu. Les voisins peuvent me voir. Je m'en moque. Il n'y a rien à voir. Je ne retourne pas à la chambre. Je m'installe au salon. Je m'assoupis. Des images en noir et blanc défilent devant moi. Je suis ailleurs. Je n'existe plus. Je me sens bien.

Un matin je me réveille avec une idée fixe : ne plus vivre avec le souvenir de ma vie. Je regarde autour de moi. Tout est à sa place. Mon corps s'évade. Un carton d'invitation envoyé par une amie conférencière au Louvre pour visiter l'exposition « Degas et le nu » au musée d'Orsay attire mon attention. La date est dépassée. La proposition est alléchante. D'habitude je ne rate aucune grande exposition. Mon abonnement à la Comédie-Française traîne là aussi, périmé. Je n'ai pas renvoyé la partie à cocher avec la date pour une réservation. Juste à côté, un avis de passage de la poste — paquet volumineux ou lettre recommandée, je n'ai pas pris la peine de vérifier. Il attend sur la petite table de l'entrée à côté d'autres enveloppes dont certaines doivent être affranchies et postées. Ces temps-ci, j'oublie, je passe à côté des choses. Plus envie de faire un effort. Question de goût qui s'éloigne, remplacé par ce que j'ai souvent détesté : l'indifférence. J'ai le sentiment d'avoir été mis de côté, dans une réserve, dans une cave. Je suis dans un magasin dépôt-vente. Des meubles usés, des services de table entassés, des miroirs ternes, des abat-jour sans ampoule, des bibelots en plastique, des croûtes, des dessins, des reproductions abîmées par l'humidité, des tapis mités, une carafe Saint-Louis hors de prix, un juke-box des années soixante… et moi déposé là, sur une étagère poussiéreuse, je me recroqueville, je me fais tout petit, je me cache, je ne parle plus, je respire à peine… Tel est mon lot. Je n'ai même pas de chagrin. Le sentiment du rien.

J'aime bien Degas et ses femmes, certaines couchées sur le dos, d'autres assises de face ou accroupies, d'autres encore s'essuyant les pieds, se coiffant, se grattant le dos, se baignant, posant de face pour le peintre, leur pilosité jamais apparente. Je sais, Degas peignait les femmes comme s'il les regardait par le trou de la serrure. Les corps de l'époque étaient enveloppés, pleins de grâce. Je constate que je n'ai aucun désir pour ces créatures. L'érosion fait son travail. Je voudrais être dissous, comme dans un mauvais rêve où tout est liquide. Le tourbillon du vide s'accompagne d'une musique de foire. Un accordéon s'acharne sur moi et je ne peux pas y échapper.

Il s'agit à présent de sauvegarder ma solitude. Je la tiens et je sais que ni la beauté peinte par Degas, ni la cruauté d'un Caravage, ni la splendeur de Vivaldi ne l'entameront. J'ai appris la désillusion sur le tas et je suis parvenu au stade où ma sérénité est ma vraie bouée de sauvetage. Je me retire et j'attends que ça passe. J'écoute le bulletin météorologique sans me sentir concerné. Averses en fin de journée ou orages prévus, ne sortez pas sans votre parapluie… Un homme mouillé surpris par la pluie alors qu'il se rend à un rendez-vous avec une femme qui ne viendra peut-être pas. Rien n'est sûr.

Quelques averses éparses sont prévues. Je tire les rideaux des fenêtres. Il fait sombre et je sais la douleur. Je sens que la pente est mauvaise, la tendance suspecte. J'ai encore de la sérénité, du discernement.

Avant l'opération, l'hôpital m'avait donné une plaquette intitulée « Informations avant prostatectomie radicale ». Tout y est expliqué, dessins à l'appui. Elle traîne sur mon bureau, alors je la relis pour me donner du courage. Au chapitre consacré à la sexualité, il est précisé : « La libido ne sera pas modifiée par l'intervention ; la sexualité ne se limite pas au seul acte sexuel ; il existe aujourd'hui des traitements efficaces pour remédier aux conséquences sexuelles de la prostatectomie radicale. »

O.K. Il ne me reste plus qu'à être optimiste et croire que les choses reviendront à la normale. Et pourtant, sans prostate, on se voit autrement, on pèse le pour et le contre, on imagine des choses inouïes, on ne maîtrise plus ses angoisses. Être optimiste et faire confiance… quelle gageure. Je suis mal mais, curieusement, il ne m'est encore jamais arrivé de penser à la mort. Mes angoisses viennent d'ailleurs, peut-être de l'enfance. J'ai toujours été inquiet, c'est dans mes gènes. Inquiet de père en fils.

Une nuit, impossible de trouver le sommeil, et je vois tout en noir. J'ai eu avec le professeur J. F. un long entretien l'après-midi. Nous avons longuement parlé de mes difficultés. Pour oublier mon insomnie, je me mets à passer en revue les femmes que j'ai aimées, celles que j'ai moyennement aimées, celles avec lesquelles je n'entretenais que des relations sexuelles, celles enfin dont je fus follement amoureux, elles ne sont pas nombreuses, Catherine venant en tête. Je les vois toutes dans des positions érotiques, je me remémore nos après-midi de plaisir. Je me mets à les compter, à leur donner des surnoms… Gazelle, Caramel, Cannelle, Source, Spirituelle, Affamée, Énigme brune, Énigme rousse, l'Embellie, la Chatte sur un toit brûlant, la Captive, l'Élégante, la Baiseuse, l'Infatigable, l'Insatiable, la Petite, la Ronde, la Grande, le Soleil d'hiver… J'abandonne au moment où je ressens les premiers signes de fatigue précédant le sommeil. J'ai vaincu mon insomnie. Tandis que je sombre peu à peu, me revient la dernière visite rendue à mon oncle sur son lit d'hôpital. Il avait du mal à parler; la sclérose latérale amyotrophique (la maladie de Charcot) avait attaqué entre autres ses cordes vocales. C'était un séducteur, un grand patron en médecine. Je me penchai sur lui pour entendre ce qu'il voulait me dire : «Je m'en vais, sans regret, car j'ai pas mal bu et surtout j'ai bien baisé…» Je croyais qu'il allait me dire une de ses dernières volontés ou une devise à suivre. Mais non, quelques heures avant la fin, il pensait encore à son «bilan sexuel» ! Je l'aimais bien, je crains de lui ressembler un peu…

Mourir. Choisir l'heure et le lieu, la manière discrète ou bien spectaculaire. Faire du bruit ou bien s'en aller en silence sans laisser de traces derrière soi. Un suicide parmi tant d'autres, banal, sans conséquences majeures. Je partirai et je laisserai tout en ordre. C'est une manie héritée de mon père qui ne supportait pas le désordre, le brouillon des choses. Je ne laisserai pas de dettes, de toute façon je n'en ai pas. Je donnerai mes vêtements au Secours catholique, mes livres à la bibliothèque du centre de recherches, ma collection de photos à mon fils aîné, mes poèmes jamais publiés à ma petite-fille qui, à douze ans, a déjà écrit de bien jolies choses, mes disques resteront à leur place ; plus personne n'utilise les 33 tours.

Laisserai-je une lettre ? J'hésite. Que dire à ma famille, à mes amis, à mes collègues ? Je me flingue parce que je ne bande plus ? À quoi bon ? Est-ce qu'on se tue pour ça ? Si peu de chose ! Pas uniquement pour ça, mais pour un ensemble de raisons qui s'accumulent et rendent la vie insupportable. Se tuer maintenant, alors que l'étape la plus humiliante est passée ? Il me suffit de me souvenir de ces horribles couches que j'ai dû changer plusieurs fois par jour, pour avoir de nouveau la nausée. Là, ça aurait été le bon moment pour refuser ce traitement inhumain qu'aucun homme digne ne peut accepter sans souffrir, sans être submergé par la honte, une honte muette, froide, insidieuse. Je marchais l'esprit entièrement occupé par ce qui se passait entre mes cuisses. Le liquide chaud qui débordait de la couche et suintait le long des jambes, la culotte qui devenait lourde et me gênait dans mes mouvements. Se précipiter dans les toilettes d'un café, se débarrasser de l'ancienne et la remplacer par une toute neuve, changer de slip, jeter le tout dans la poubelle, se laver les mains, s'essuyer et sortir de là propre, du moins pour quelques heures. Une fois, attablé dans un restaurant situé au dernier étage d'une tour de la Défense, j'ai été tenté de me précipiter dans le vide. Mais les fenêtres étaient évidemment verrouillées. En fait, je n'étais pas vraiment décidé.

Se supprimer parce que « le puissant » a changé de statut, ça existe. On s'enfonce dans une déprime dont l'issue est fatale. Une question de dignité, d'amour-propre, d'orgueil. Le mot « impuissant » est violent, fort, dramatique. Il suffit de se souvenir du film de Mauro Bolognini, *Le Bel Antonio* (1960), où Marcello Mastroianni n'arrive pas à honorer la belle Claudia Cardinale. Je revois aussi ces images du *Soleil se lève aussi* (1957), tiré d'un roman d'Ernest Hemingway, où Tyrone Power, à la suite d'une blessure de guerre, est réduit à néant face à la sublime Ava Gardner. Il abandonne cette femme qu'il aime et assiste dans la douleur à sa vie amoureuse...

Le soir, chez moi, je passais en revue les différentes manières de se supprimer : je repensais à des écrivains fameux, comme Ernest Hemingway ou Romain Gary. Une balle dans la bouche. À écarter pour la bonne raison que je ne possède pas d'arme. Et puis il fallait un sacré courage pour appuyer sur la détente. J'avais lu quelque part que ces deux hommes n'avaient pas pu accepter l'idée de leur infirmité soudaine.

L'impuissance sexuelle était pour eux la pire des catastrophes. Ils avaient *décidé* d'anticiper leur disparition. Certains articles dans la presse avaient évoqué cette question que l'un comme l'autre de leur vivant avaient refusé de rendre public. À partir du moment où ils n'étaient plus là, que leur importait le fait que le monde entier fût au courant de leur infirmité ?

En me renseignant sur ces cas, je découvris que le grand poète italien Cesare Pavese s'était tué non pas en raison de son impuissance supposée, mais parce qu'il souffrait d'éjaculation précoce. Si on devait se suicider pour ça, il y aurait beaucoup de morts parmi les hommes... À vingt ans, dès qu'une fille s'approchait de moi, dès que sa peau touchait la mienne, j'éjaculais. J'avais souvent des taches sur mon pantalon au niveau de la braguette. J'attendais un petit quart d'heure et je faisais l'amour. Un jour une copine me dit : « Tu sais, pour éviter ce désagrément, branle-toi juste avant qu'on se voie ; ton sexe sera plus calme et on prendra le temps pour bien baiser ! » Conseil d'experte. C'était une femme mariée qui adorait s'envoyer en l'air l'après-midi. Une femme mûre qui m'initiait à l'amour physique sans s'encombrer de sentiments. Elle était merveilleuse parce qu'elle rendait tout simple. Elle me disait qu'elle aimait son mari, mais qu'elle avait besoin de faire l'amour très souvent. Elle était directe, joyeuse, un peu folle.

Mon ami le professeur J. F. m'appelait tous les soirs. Il me proposait régulièrement de dîner chez lui ou bien d'aller voir une pièce de théâtre ensemble. Je savais qu'il était inquiet et que ma phase dépressive le préoccupait. Un soir, il se sentait lui-même déprimé. Il n'était pas heureux avec sa femme, il m'avait souvent parlé de son envie de divorcer. Elle le maltraitait en public, lui faisait des reproches pour des broutilles. Mais il encaissait et baissait la tête. Il m'avoua qu'il avait sur la conscience le suicide d'un de ses patients, un cousin de son épouse. Opéré dans les mêmes conditions que moi, il n'avait pas pu supporter les moments sombres qui avaient suivi son intervention. Il s'était jeté dans la Seine. En me racontant cet épisode, le professeur J. F. était encore très ému. Il ne comprenait pas pourquoi il ressentait autant de culpabilité, un vrai fardeau sur mes épaules, me dit-il. Comme pour lui remonter le moral, je lui dis que je n'avais jamais pensé au suicide, car j'étais persuadé que ma puissance reviendrait. Juste une question de temps et de patience. Tout le contraire de ce que je pensais à ce moment-là.

Il m'arrivait régulièrement de passer la soirée assis devant la glace à m'interroger sur mon nouvel état. Ainsi donc, c'en était fini. Jamais plus je ne serais capable d'honorer une femme, comme on dit familièrement. Ah, le cri d'une femme qui jouit et qui en redemande ! Certaines hurlent, d'autres se déchaînent, s'accrochent de toutes leurs forces au corps de l'homme qu'elles veulent entièrement en elles, sans parler de celles qui simulent pour des raisons obscures.

Entendre, saisir par tous les sens l'orgasme féminin est un plaisir que l'homme déguste avec une fierté douce, ce qui lui redonne du désir et maintient la rigidité de son « maître ». Le pénis devient le véritable maître d'œuvre. C'est lui qui commande, c'est lui qui décide. La tête doit suivre, ne pas se distraire, ne pas penser à autre chose, rester totalement concentrée et surtout entièrement dédiée à l'acte suprême, celui d'enchaîner un orgasme à un autre orgasme.

En continuant à me documenter sur le sujet, je tombais sur cet étonnant commentaire à propos des *Mille et Une Nuits.* D'après l'auteur, le point de départ des contes des *Mille et Une Nuits* est une histoire de trahison. La femme du prince, profitant de son départ à la chasse, le trompe avec un esclave noir dont les prouesses et la verge surdimensionnée rendent bien insignifiant le devoir conjugal dont s'acquitte son prince de mari sans grand art. Surprise en pleine action, elle est exécutée ainsi que son amant zélé. C'est là l'origine de la décision que prit le prince de ne passer dorénavant la nuit qu'avec une vierge, dont la tête serait coupée le lendemain au lever du soleil. Quand arrive le jour où l'on ne trouve plus de vierge dans la ville, celle qu'on lui amène n'est autre que Shéhérazade, la fille du vizir le plus proche du prince. Elle se présente au prince et lui propose de lui raconter des histoires avant de passer dans sa couche. Le grand principe littéraire est caché là : une histoire en échange de la vie sauve. La littérature et la vie. La littérature c'est la vie gagnée aube après aube jusqu'à la mille et unième nuit où la femme triomphe de la cruauté du prince et sauve sa tête et celle de toutes les femmes.

Ainsi donc si « le maître » du prince avait été d'une performance et d'une rigidité suffisante pour affoler son épouse, il n'y aurait pas eu de trahison ni de meurtres rituels tous les matins jusqu'à l'arrivée de Shéhérazade. Shéhérazade, dont la bouche donna naissance à quelques-uns des contes les plus cruels, racistes, atrocement misogynes, pervers, ambivalents, ne laissant de côté aucune des pratiques sexuelles les plus extravagantes, longtemps désapprouvées par la morale arabe qui jeta l'anathème sur ce texte, qu'elle relégua dans les coffres de la censure. Ainsi peut-on dire sans crainte que si la verge du prince de Bagdad avait été aussi exceptionnelle que celle de l'esclave le patrimoine mondial de la littérature aurait été appauvri d'une de ses œuvres majeures…

6

La honte

Pour certaines de mes anciennes amies j'avais disparu parce que, croyaient-elles, j'étais entièrement absorbé par une relation amoureuse sérieuse. Je ne leur donnais plus de mes nouvelles, je ne répondais pas à leurs courriels, je me cachais, j'étais lâche. Je n'allais tout de même pas les réunir dans une salle de conférences d'un grand hôtel pour leur annoncer mon état. Apprendre que je suis devenu infirme, elles n'aimeraient pas ça. Elles seraient déçues et deviendraient méchantes ou, pire, indifférentes. Je préférais garder mon secret. Je laissais les choses en suspens. J'ai vu un film américain, *Des gens impitoyables,* où le personnage principal, joué par Donald Sutherland, est un milliardaire qui invite chez lui une belle femme kinésithérapeute. Elle arrive accompagnée de son fils, un adolescent très attaché à sa mère. Jaloux, il se conduit mal avec le milliardaire ; celui-ci, pour le rassurer, le convoque dans son bureau, baisse son pantalon, puis son slip, et demande au garçon de lui dire ce qu'il voit :

— Vous n'avez plus de testicules, monsieur.

— Ma prostate m'a tout bouffé ! Voilà, je ne couche pas avec ta mère. Ça m'est impossible.

J'ai entamé la lecture du roman *Exit le fantôme*. Le personnage principal nage dans la piscine, un liquide jaune le suit, c'est de l'urine. Il est devenu incontinent. « Contrôler sa vessie… qui, parmi ceux qui sont en pleine possession de leurs moyens physiques, s'interroge jamais sur la liberté que cela confère, ou sur la vulnérabilité et l'angoisse que génère la perte de ce pouvoir, même chez les plus assurés d'entre nous ? […] Et n'est-ce pas, en fait, cette ombre omniprésente de l'humiliation qui lie chacun d'entre nous à tout le monde ? » Mon ami le professeur J. F. avait souligné ces lignes. Pourquoi avait-il voulu me faire lire ces pages au moment où j'hésitais entre l'ablation radicale et la curiethérapie ?

Découvrir la honte. Puis vivre avec, car on s'habitue à tout. On arrête de se plaindre, on se dit « c'est un moindre mal », même si c'est très désagréable de pisser dans son froc et d'être dans l'impossibilité d'arrêter l'hémorragie urinaire. C'est humiliant. On se sent puni physiquement pour une faute qu'on n'a pas commise. Et puis, surtout, ça ne prévient pas. Vous êtes en société, entouré de gens en bonne santé, de jolies femmes, de jeunes gens dynamiques et heureux de vivre, vous êtes assis et soudain vous sentez un liquide chaud entre les jambes. Vous portez pourtant bien votre couche, mais il arrive parfois qu'elle soit de mauvaise qualité et qu'elle ne retienne pas tout le liquide. On parle autour de vous, on s'adresse à vous, et vous n'êtes pas là, vous êtes encombré par la honte, vous baissez la tête, vous vous sentez coupable. De quoi ? De rien, mais coupable quand même. Vous aimeriez alors avoir sous votre siège une trappe dans laquelle disparaître. Mais il n'y a pas de trappe, on n'est pas dans un film d'horreur. Le liquide s'arrête, vous sentez la couche plus lourde, vous avez envie de vous lever et d'aller vous changer, tout changer, la couche bien sûr mais aussi le pantalon, la chemise, la veste, les lunettes, le jour, le visage, l'âge, l'époque, tout, changer, ne plus exister, revenir à l'adolescence quand rien n'avait d'importance…

J'ai vécu ça une fois après l'opération. Je m'en souviens comme si c'était hier. C'était le 14 septembre 2010. J'étais convoqué au tribunal à cause d'une affaire d'escroquerie dont j'avais été victime. Une confrontation entre un ancien « ami » et moi devant le juge, la greffière, les avocats. Je suffoquais. Je n'avais plus de salive. Ma bouche était sèche et amère. J'avais mal partout. La situation avait quelque chose de terrifiant : se retrouver devant des étrangers, après dix ans de ce que je croyais une amitié, à déballer nos différends ! Le salaud était calme et arrogant malgré les preuves flagrantes de son escroquerie. C'était un professionnel, un spécialiste du détournement. À la place du cœur il avait une grosse pierre noire. Ça se voyait sur son visage. L'humiliation était à son comble. Je pensais alors à Pavese et à ses désillusions qui écrit : « On ne se libère pas d'une chose en l'évitant mais seulement en la traversant. » Je devais traverser cette épreuve et en sortir allégé.

Ce fut tout le contraire. L'émotion était telle que ma vessie s'était emballée et ne cessait de se libérer. J'écartais les jambes tant le flux était important, ma voix sèche et inaudible me faisait perdre le peu de bénéfice que j'espérais de cette ultime confrontation. Tout m'échappait, mes biens, ma crédibilité, mon humeur, mes urines, et j'assistais à ce naufrage avec la passivité du mendiant qui depuis longtemps n'a rien dans les poches.

Je n'écoutais plus personne. Autour de moi les gens parlaient, écrivaient, enregistraient les mensonges que le salaud débitait avec force et moi je ne réagissais pas, je m'absentais. Qui ne dit mot consent. Je pensais à ma vessie, je pensais à mon état et je commençais à sentir la pisse de partout. Aucune parole ne sortait de ma bouche. J'étais blême ; ma faiblesse faisait triompher l'escroc qui assenait des mensonges, preuves trafiquées à l'appui, il parvenait à se faire entendre alors qu'il savait pertinemment qu'il était une crapule qui dépouillait ses amis en prétendant faire avec leur argent des placements très rentables. Il avait falsifié tous les documents et je n'avais pas la force de me lever et de démontrer que ces papiers étaient des faux. Je sentais que j'étais pâle et que je perdais le procès. Je mordillai ma lèvre inférieure, signe chez moi de détresse. J'avais envie de claquer des doigts et, en une fraction de seconde, l'escroc aurait été réduit à un tas d'excréments, ce qu'il était vraiment. Ou bien, il se serait agenouillé, demandant pardon aux juges et à moi. Mais c'était un salaud intégral; il citait des phrases de la Bible, disait qu'il m'avait tant aidé et que son amitié avait toujours été sincère. Je claquai des doigts, juste pour me donner le courage de me lever et de laisser ce salopard à ses trafics. Ce jour-là j'ai su que j'avais vieilli d'un coup.

Vieillir, ce n'est pas uniquement prendre de l'âge, mais c'est surtout intérioriser le fait que le temps de la défaite est arrivé. Et ce jour-là, oui, j'étais défait. Plus rien ne comptait pour moi à part mon hygiène. Je pris une douche, puis un bain. Je frottais toutes les parties de mon corps avec du savon, mais, rien à faire, je sentais toujours l'urine, c'était fixé dans ma tête, indélébile. Les jours suivants, l'odeur ne me quittait plus. J'aurais aimé pouvoir demander à quelqu'un de me confirmer que je sentais la pisse, cette odeur âcre, entre l'oignon et le fromage, une odeur visqueuse qui vous colle à la peau, persistante parce qu'elle est votre punition. Ce fut un des effets de cette confrontation avec le salopard.

Acheter des couches pour homme… Baisser les yeux pendant que la pharmacienne vous demande : quelle taille vous désirez, monsieur? Avoir envie de lui répondre : ce n'est pas pour moi, il y a mon vieux qui ne se retient plus, ou quelque chose comme ça… N'importe quelle taille, il y a bien une taille standard, après tout, un homme même vieux a un bassin large… je m'embrouillai, je pris le paquet, je payai et oubliai la monnaie. Il me revint alors que j'avais dû acheter des couches pour ma mère dans les dernières années de sa vie. On les lui mettait, mais elle les retirait et les jetait sous le lit. La honte. Moi aussi j'avais honte, et je n'y pouvais rien.

Tu prends une douche, tu utilises du déodorant dont tu n'as jamais eu l'usage auparavant, tu enfiles la couche, tu la fermes avec les bandes adhésives, tu mets ton slip et tu pries pour que la vessie se discipline. Tu te rends compte que la plupart de tes pantalons sont au pressing. Tu mets un jeans et tu vas à ton rendez-vous… Ce jour-là, j'avais rendez-vous avec un professeur de Harvard intéressé par mes recherches et qui voulait voir avec moi la possibilité que j'enseigne un semestre ou deux dans son université. Il me parlait des grandes opportunités qui s'offraient à moi, m'encourageait à en profiter — me rappelant qu'un de ses poulains était en compétition pour la médaille

Fields. Je l'écoutais et je pensais à ma vessie, je me demandais à quel moment la pisse allait me submerger. J'avais accepté ce déjeuner par politesse, je sentais que je n'étais pas tout à fait rétabli. J'avoue, je ne l'écoutais que d'une oreille, l'autre était mobilisée par mon souci hygiénique. Dès la fin du repas, je me précipitai aux toilettes, baissai mon slip et là, miracle, la couche était sèche, pas une goutte. Était-ce la fin de l'incontinence ? Il faudrait attendre pour en être sûr. Je promis au professeur de lui écrire bientôt et rentrai chez moi prendre une douche, car j'avais une peur bleue de sentir soudain la pisse.

7

La mémoire du corps

Dans les années quatre-vingt une théorie fumeuse fut prise au sérieux par quelques chercheurs scientifiques : la mémoire de l'eau. Cette expression, qui pourrait faire un joli titre pour un recueil de poésie romantique, au fond ne veut rien dire. Il n'en est pas de même du corps humain. Chaque organe a sa mémoire, une fois le corps dérangé dans son rythme naturel, il poursuit sa vie selon sa logique interne. Ainsi il me semble que la vessie, première victime de l'ablation de la prostate, garde la mémoire de son fonctionnement, d'où, au début, les deux premiers mois, l'incontinence urinaire de l'opéré. Et même lorsque ce problème est résolu de manière définitive, elle continue de se conduire comme si elle était sous pression d'une prostate grossie, ce qui oblige à se lever plusieurs fois la nuit. Pire, il arrive parfois que l'urine mette une petite minute avant de sortir. Cette mémoire peu à peu s'efface avec le temps, comme l'érection qui revient un an ou deux après l'intervention.

Cette mémoire n'est pas prouvée, mais on dirait vraiment que la vessie fonctionne comme si son acolyte était toujours là. J'ai élaboré cette hypothèse afin de justifier l'intolérance dont fait preuve ma pauvre vessie. Mais laissons tout cela de côté. Ce déballage est indécent. Alors, me direz-vous, pourquoi m'y livrer? C'est pour moi, je crois, un exercice d'exorcisme.

Comment aborder la question avec les autres? Un de mes amis a vécu une rupture douloureuse parce qu'il avait avoué avoir un cancer à la femme avec qui il venait d'entamer une relation prometteuse, lui précisant bien que c'était une histoire terminée. Ça avait été pris à temps, il était sauvé. Face à la maladie les réactions sont souvent surprenantes. Tout est possible. C'est rarement rationnel. Un couple d'amis italiens a vu son amour devenir plus fort et indestructible parce que l'un comme l'autre sont passés par l'épreuve d'un cancer. La menace de la mort, les cruautés de la maladie, puis la résistance à deux ont redonné à leur lien une force extraordinaire. C'est beau parce que l'épreuve devient une preuve d'amour et la vie triomphe de la maladie de la mort.

C'est peut-être pour cela que le personnel médical conseille aux patients de ne pas évoquer publiquement leur maladie. La peur est réelle et n'a rien à voir avec la morale. Il y en a qui prennent la fuite, d'autres qui au contraire se serrent les coudes et affrontent ensemble ce qui peut arriver. Il n'y a pas de règle. Chacun réagit selon son histoire, sa force ou sa fragilité.

Quant à moi, je crois aujourd'hui avoir réussi à vaincre ma peur, il suffit de suivre quelques préceptes et de s'y tenir. D'abord il ne faut plus regarder la télévision, plus précisément les séquences publicitaires. Elles sont les plus cruelles, les plus insupportables. Les nouveaux idéologues du XXIe siècle sont les créateurs de publicité, les marchands de rêves, les menteurs professionnels, les truqueurs, les vendeurs de vent. Ils distillent quotidiennement et sous diverses formes le culte du corps bien fait, impeccable, de la beauté absolue, de la jeunesse éternelle. La perfection physique est érigée en règle, voire en loi. Les dents sont toujours d'une blancheur étonnante, les yeux toujours brillants, les vêtements propres, parfois tout neufs, les mains manucurées, les cheveux longs, soyeux, beaux, épais… le sourire va avec tout ça. C'est l'éloge de la force, de la bonne forme, de l'équilibre parfait… Les femmes, toutes belles, y sont attirées par des corps sans défaut.

Mon père avait très tôt compris la supercherie. Lui qui n'avait plus de dents se mettait en colère quand on montrait un jeune athlète arborer un sourire à la dentition d'une blancheur parfaite. Il avait une réaction de rejet : ils nous mentent pour vendre leur dentifrice sans intérêt. Quand un homme est abîmé, on l'écarte. Nous sommes dans la civilisation des valeurs marchandes et rentables : un homme qui a dépassé la cinquantaine peut se faire du souci pour son emploi. Le pire c'est que ceux qui inventent ces lois un jour ou l'autre en subiront les effets. Pendant l'été 2003, la canicule a tué en France quinze mille personnes âgées. Certaines avaient été oubliées par leurs propres enfants qui étaient déjà dans le troisième âge et qui pour la plupart étaient maltraités par leur progéniture.

Aujourd'hui le culte de l'homme en parfaite santé règne plus que jamais. Même quand la publicité utilise des personnes du troisième âge, elle se débrouille pour nous présenter des gens avec une peau où le temps a laissé peu de traces. Ils sont beaux, ils sourient à la vie et nous disent comment tranquillement ils préparent leurs funérailles… Aux États-Unis, pour la campagne de lutte contre les défaillances sexuelles ils ont choisi un ancien candidat à la présidentielle ! Un homme sérieux et crédible pour encourager ceux qui souffrent d'impuissance sexuelle à consulter des spécialistes.

8

Avant

Quand le présent nous console et finit par faire notre bonheur, à quoi bon regarder en arrière comme si nous étions en mesure de faire revivre le passé dans ce qu'il avait de meilleur ? Cette illusion est assez répandue, aussi bien chez les princes que chez les mendiants. Peut-être que ces derniers auraient une légitimité à tourner le dos au présent qui les maltraite et les humilie. On ne naît pas mendiant ni sans domicile. La pauvreté matérielle n'a jamais empêché d'être digne.

Il paraît que « c'était mieux avant ». Vieillir passe par ce constat qui n'est ni bon ni mauvais, ni juste ni vraiment nécessaire. Nous n'avons aucune prise sur cet « avant », alors il vaut mieux regarder devant et apprendre à vivre dans le présent. C'est ce que je me dis tous les jours et en lisant Montaigne je ne cesse de lui donner raison. Avant de me consacrer entièrement à la recherche en mathématiques, j'ai suivi des cours de philo à la Sorbonne. Je trouve que les deux matières se rejoignent et se complètent. Il m'arrive encore d'ouvrir un livre de Spinoza ou de Descartes pour me reposer de la sécheresse des chiffres et des formules.

Mon père, un ancien militaire, baraqué et plein d'énergie, refusait de vieillir comme beaucoup de gens et ne prenait pas soin de son corps qui le lâchait. Refus de porter un dentier, refus de porter un appareil pour améliorer son ouïe, il avait besoin de lunettes pour lire et pestait chaque fois qu'il les chaussait, refus de consulter un médecin, refus de prendre des médicaments… Il se plaignait parce que son corps n'était plus d'accord avec son esprit. Jusqu'à la dernière minute de sa vie, il avait gardé toute sa tête et son intelligence qui passait par beaucoup d'humour.

Je suis certain qu'il avait une prostate malade. Il se levait plusieurs fois la nuit pour uriner. Il se mettait en colère le matin en disant que le dîner était trop salé, qu'il avait dû boire beaucoup d'eau, et c'était ma mère qui était responsable de cette situation, évidemment.

Il est mort accidentellement dans notre maison de campagne en Bretagne, mais il n'était entré dans un hôpital que deux fois au cours de sa vie, à soixante ans à cause d'un œdème pulmonaire et après un bête accident qui lui avait fracturé le bassin. Il râlait et protestait contre le fils de pute qui avait fabriqué le fauteuil en osier dont un pied était plus court que les trois autres. Il disait dans son délire que cet apprenti devait être certainement analphabète et malhonnête car, s'il avait eu un minimum de conscience professionnelle, il aurait fait attention en coupant le bois et aurait ainsi fabriqué un fauteuil équilibré. Ensuite, il remontait la filière et se plaignait des artisans qui bâclaient tout, de ces patrons qui n'étaient que des profiteurs et des esclavagistes, qui devaient payer une misère leurs apprentis, lesquels se vengeaient en sabotant le travail… Il nous racontait cela sur son lit d'hôpital et la mort commençait à annoncer sa venue.

Un médecin me dit : « C'est mieux ainsi. Un homme de son âge a forcément un cancer de la prostate, c'est inévitable. Et puis, tel que je le connais, il n'aurait jamais laissé un urologue lui faire un toucher rectal. Les hommes de cette génération ne se laissent pas faire… surtout les militaires, ils n'obéissent pas aux médecins… »

Mon père avait aussi la manie d'enjoliver l'« avant » ; mais il n'oubliait pas non plus la misère qu'il avait connue, la peur d'être arrêté (il passait de la marchandise entre Bilbao et Barcelone à l'époque de la guerre civile d'Espagne). Il est mort à plus de quatre-vingt-cinq ans sans s'être jamais préoccupé de l'état de sa prostate. Je sais qu'il avait fait souffrir ma mère en multipliant les aventures avec des femmes. Il était incapable de retenir ses envies. Plus il avançait en âge plus il fréquentait les putes. Le professeur J. F. m'a confirmé que l'exercice sexuel fait du bien à la prostate. La paresse sexuelle la rendrait plus volumineuse, faisant ainsi une lourde pression sur la vessie.

9

Sans regret

Suivant les conseils de mon ami médecin, je continuais à mener une vie normale, je voyageais et donnais des conférences sur les applications des mathématiques dans les sciences du futur. Un soir, au moment de quitter la salle, je remarquai une femme ronde et assez jeune qui avait l'air de m'attendre. Je regardai surtout sa poitrine magnifique qu'elle mettait bien en évidence. Elle n'était pas très belle, mais elle avait quelque chose de sensuel qu'elle communiquait assez aisément. Au moment où je fis un pas vers elle, elle s'approcha de moi, j'avais ses seins presque collés à mon bras. Elle me dit : « Je suis là pour vous, faites-moi plaisir, offrez-moi un verre ! »

C'était la première fois que je me trouvais dans une situation aussi cruelle. Elle me donna sa carte sur laquelle elle avait écrit son numéro de mobile. Je devins rouge, bleu, vert, pâle, je tremblais, je bafouillais. Elle resta à l'écart pendant que je parlais avec un des organisateurs de la conférence. Apparemment, ce n'était pas une plaisanterie, elle m'attendait. Je la regardais de biais, elle avait l'air heureuse, elle feuilletait un magazine et souriait.

Depuis l'ablation c'était la première fois que ma libido, plutôt endormie, était mise à l'épreuve. Curieusement, le désir était là, j'avais envie de cette femme, une envie théorique, virtuelle, envie de caresser sa peau, de passer du temps avec elle, lui raconter des histoires, boire du champagne, fumer un cigare... Qu'elle fût une inconnue était encore plus excitant. Mais mon désir se baladait tout seul dans mon cerveau, dans mon corps, il le parcourait et ne rencontrait rien de concret, rien où s'ancrer, se développer et s'exprimer. Je prenais mon temps avant de la rejoindre. Je reculais le moment où j'allais me trouver seul avec cette femme, je repoussais le moment de vérité. Je n'allais pas lui avouer que je n'étais pas en état de lui faire plaisir; elle ne me croirait pas et prendrait cela comme une offense à sa sensualité. Que faire? M'en aller lâchement, sortir par la porte de service? Lui proposer de prendre un verre et lui dire combien je suis fidèle à ma femme? Je ne sais pas mentir. Je me suis isolé et lui ai téléphoné pour la remercier de s'être déplacée et lui dire que je la rappellerais prochainement pour mieux faire connaissance. Elle était heureuse. Mais moi j'étais profondément déprimé. En temps normal j'aurais probablement agi de la même manière mais, là, le fait de ne pas pouvoir, le fait de le savoir et de l'éprouver physiquement, me jetait dans l'embarras. Cette femme était là, envoyée par mon nouveau destin pour me rappeler que le temps de s'envoyer en l'air à l'envi était révolu et fini pour toujours.

J'annulai le dîner avec les organisateurs et rentrai dans ma chambre d'hôtel ; je pris un bain très chaud pour préparer le sommeil ; je regardai un film et m'endormis sans penser à la dame aux gros seins. Elle me rendit visite dans un rêve où elle se déshabillait devant Fellini dont j'étais l'assistant. Je devais prendre la décision de la retenir ou de la renvoyer, Federico était pris par un problème avec un acteur qui se droguait. La femme était ronde mais le corps ferme. Ses seins ne tombaient pas. Je lui demandai d'attendre le retour du maestro. Mon rêve fut interrompu par l'envie de pisser.

Touche pas à ma prostate est un livre écrit par deux Américains, un cancérologue et un patient. Ils y affirment que plus de quarante mille des cinquante mille prostatectomies totales réalisées chaque année aux États-Unis ne sont pas justifiées : « La grande majorité de ces hommes auraient vécu aussi longtemps sans opération. » C'est un article du journal *Le Monde* qui me le fait découvrir. Il est illustré par un dessin où un patient est face à son urologue qui lui demande : « Alors… cette ablation de la prostate ? » Le patient lui répond, la mine triste : « Je… je voudrais qu'on me la remette. » L'article cite aussi un autre cancérologue, un certain Mark Scholz qui prévient : « Votre premier réflexe doit être d'avoir conscience des implications redoutables qu'il y a à se précipiter sur une biopsie de la prostate. »

Redoutables... Oui, mais l'image de mon ami Damien ne me quittait pas. Son cancer de la prostate s'était tellement compliqué qu'il avait connu un véritable calvaire avant de mourir à cinquante-huit ans. La dernière fois que je l'ai vu, il avait horriblement maigri et avait une voix très faible. Il me disait : « Ça va, ça va. Les métastases ont trouvé maintenant refuge dans la vessie, je porte une poche pour pisser... Mais, tu sais, on s'habitue à tout. J'aime la vie même si elle ne me le rend pas bien. Je n'ai pas assez vécu, alors j'ai plein de projets, je viens juste d'ouvrir une nouvelle galerie où j'expose les maquettes de mes travaux... »

Damien était décorateur de films. Il avait travaillé avec les meilleurs réalisateurs français et européens. Il vivait entre Rome et Paris. Son compagnon était un garçon venu du Chili. Ils s'apprêtaient à adopter un enfant des favelas de Rio de Janeiro. C'était un homme fin et cultivé. Il aimait les gens, avait confiance en la médecine, pensait que ce cancer se soignait bien, on lui donnait des statistiques, il s'y voyait, certain de sa guérison. Mais les choses ont pris une autre tournure.

Alors qui croire ? Ceux qui proclament : « Touchez pas à ma prostate », ou bien ceux qui interviennent à temps et sauvent des vies ? Moi j'avais refusé de tergiverser. Je n'avais pas lu les articles contradictoires, j'avais refusé d'entrer dans le débat et avais fait entièrement confiance au professeur J. F. J'appris au passage que tout ce qui tournait autour de la prostate générait beaucoup d'argent. C'était un marché juteux. N'oublions pas le rapport vénéneux entre la médecine et le pognon. Ce n'était absolument pas le cas du professeur J. F.

Récemment j'ai rencontré un écrivain qui m'a raconté que, lui, il avait pris le risque : plutôt continuer à bander et à vivre avec la menace d'une récidive que de devenir impuissant et passer le restant de ma vie en bonne santé et sans sexualité. C'était un joueur, un casse-cou, connu pour être un grand aventurier. Le contraire de mon tempérament. Je me demande parfois si je n'ai pas choisi la recherche en mathématiques pour m'éloigner des choses de la vie, pour être plongé une grande partie du temps dans un monde abstrait, fait de symboles et de formules dont l'interprétation a peu à voir avec la réalité concrète. Face à l'épreuve que je traverse aujourd'hui, les maths ne me servent à rien

Je ne suis ni un joueur ni un parieur, je prends rarement des risques ; je suis fait ainsi et je n'en tire aucune fierté. Je n'aime pas l'histoire de l'épée de Damoclès, ni la vitesse excessive, je pense avoir d'autres plaisirs dans la vie que ceux que procure l'amour physique… je me dis ça et je me mens un peu, je dois bien me convaincre que j'ai fait le bon choix : vivre, oui, mais sans la maladie… la maladie de la mort.

Un collègue m'a dit la semaine dernière : « J'ai décidé de niquer le cancer ! Il paraît qu'en baisant vingt fois par mois, on soigne la prostate, on la fait travailler et elle oublie de développer le cancer… Ma femme m'a quitté dès qu'elle a su que j'étais malade, elle n'avait pas envie de me voir dépérir, j'ai rencontré une autre femme, elle m'aime et on fait l'amour souvent… J'ai soixante ans, je ne vais pas m'enterrer vivant ! Tu sais, François Mitterrand a fait le même choix que le mien. Quand on a découvert son cancer en octobre 1981, il a décidé de vivre avec et de continuer à baiser. Il a vécu quinze ans avec une prostate grosse et malade. Il nous a tous niqués ! »

Je ne peux plus voir un film ou un spectacle sans penser à la prostate des autres. Dès qu'apparaît dans mon champ de vision un homme ayant dépassé la cinquantaine, je me demande s'il a des problèmes avec sa prostate. Je l'imagine vivre les épreuves par lesquelles je suis passé. Je le vois les jambes en l'air pour la biopsie, ou bien entrer dans le tunnel pour l'IRM. Je le vois et je devine ses nuits d'angoisse, ses séances dans la salle de bains en train d'essayer de donner vie à son pénis. Je le vois et imagine les femmes déçues, certaines le quittent, d'autres lui disent : « Ce n'est pas grave, dis-moi que tu m'aimes. »

Je me promène dans les rues de Milan où je suis allé rendre visite à un éditeur américain de passage pour lui remettre mes derniers articles écrits directement en anglais. Il dirige une des revues scientifiques les plus respectées. Je préférerais publier les résultats de mes recherches en France, mais on n'est pris au sérieux que si on est publié en Amérique. Cette parenthèse italienne me fait du bien, j'oublie un peu l'épreuve que je traverse. Mais, dans la rue, la maladie se rappelle soudain à moi. Sur une immense affiche, une belle femme d'une quarantaine d'années pose nue, un sein en moins. Elle a subi l'ablation d'un sein après la découverte d'une tumeur cancéreuse. Sous la photo, ce commentaire : « Si j'avais su, j'aurais consulté avant ! Dépistage mes amies ! »

Quelques années auparavant, cette femme avait participé à une campagne contre les fourrures. Elle posait nue et confiait : « La seule fourrure naturelle que je porte, c'est la mienne ! »

Voir une si belle femme avec un seul sein m'a fait penser à Catherine et à ses moments de détresse. L'ablation, visible ou interne, diminue le corps et atteint l'esprit quels que soient la force de caractère et le tempérament de la personne. Rien n'indique que je n'ai plus de prostate ; mais une femme sans un sein, c'est beaucoup plus compliqué, malgré les progrès des prothèses. Je ne l'avais pas compris à l'époque de l'opération de Catherine. Le regard des autres est un drame. On a beau s'en moquer, dire qu'on n'en a rien à faire, il arrive des moments où on tombe, on succombe, on perd l'équilibre et on se retrouve seul face à l'irréversible.

Parfois, je revois l'image de cette femme, aperçue par une porte entrebâillée à l'hôpital Curie, au moment où elle essayait d'ajuster une perruque sur son crâne où ne poussait plus aucun cheveu. Elle était mal à l'aise, baissait la tête, comme si elle s'excusait d'avoir subi des séances de chimiothérapie. J'ai tout de suite vu que ses deux seins avaient été enlevés. Une infirmité, une épreuve sans pitié. Mon regard se voulait amical, complice, mais la dame ne regardait plus personne. Une femme brisée, pliée en deux. Elle s'engouffrait dans un tunnel, dans les ténèbres de la malchance. Pourquoi moi et pas une autre ? Le professeur J. F. m'avait détrompé sur la question. Tout n'est pas le seul fait du hasard, on sait qu'il existe une part d'hérédité et de génétique dans l'apparition des tumeurs, on sait aussi que le cancer du sein chez la femme est aussi fréquent que celui de la prostate chez l'homme. D'où les politiques de prévention et le dépistage.

J'ai beau être profondément cartésien, la maladie m'a conduit, je dois l'avouer, sur des terrains où je n'avais jamais mis les pieds. Une de mes amies, versée dans la voyance, la médecine douce, les voies parallèles, les ondes bienfaitrices, les énergies laissées par les ancêtres, bref tout ce bazar sur lequel les charlatans prospèrent, a réussi à m'attirer dans ce foutoir que j'ai toujours méprisé et combattu. Elle m'a tant baratiné que j'ai eu un moment de faiblesse, et j'ai accepté de voir un guérisseur venu évidemment d'Inde. Le type était une caricature, tout chez lui était grotesque : les parfums, les encens puant le poisson pourri, le miel importé de Chine (dont la dangerosité a été signalée dans plusieurs magazines de santé), les colliers de coquillages ramassés sur les plages d'Afrique, les poudres de toutes les teintes, les peaux de serpents, les clous rouillés, les pierres noires, les graines de sésame, les morceaux de gingembre, les poivrons rouges séchés... Sans oublier le folklore qui commençait dès l'entrée dans son cabinet, puisqu'il fallait se déchausser et se présenter devant le Maître en se baissant, les mains jointes sur fond de musique horrible, prétendument enregistrée dans les montagnes de l'Himalaya.

J'ai suivi ce protocole ridicule scrupuleusement. Je voulais aller jusqu'au bout par curiosité et pas seulement. Je me suis laissé aller car je voulais savoir. J'ai répété après le charlatan des phrases auxquelles je ne comprenais rien. J'ai trempé mon doigt dans un bol de faux miel et l'ai porté à la bouche. J'ai tourné autour d'un réchaud sur lequel grillaient des bouts de plantes ou de viande, ça dégageait une fumée suffocante. J'ai mis mes mains dans celles de l'Indien et l'ai laissé les masser jusqu'au moment où il s'est arrêté brusquement et m'a dit en anglais : *devil, devil inside…*

Là, c'en était trop. J'ai déposé dans un bol un billet de cinquante euros et suis parti en courant, plantant mon amie qui m'attendait emplie de confiance. Le soir, chez moi, je me suis senti mal. J'avais un sentiment de honte et d'impuissance, de désarroi d'avoir cru un instant à toutes ces bêtises. Le lendemain, l'amie m'a appelé, elle avait l'air fière de m'avoir entraîné dans son délire. Je lui ai dit qu'elle se trompait gravement et que, si un jour elle avait un problème sérieux, il faudrait qu'elle consulte un médecin et surtout pas son clown indien. Furieuse, elle a raccroché. Je l'ai rayée de mon répertoire. Une petite ablation qui n'a fait de mal à personne, pour une fois. Le marché de la connerie a toujours été porteur, mais là c'était dangereux. Cet Indien était un bouffeur de cerveaux, il réduisait les gens à sa merci, les manipulait à sa guise et se faisait un maximum d'argent au passage. Impossible de l'empêcher de nuire, il est installé légalement dans le pays et n'oblige personne à venir le consulter.

Afin d'oublier cette mésaventure, j'ai ouvert mon ordinateur et j'ai lu sur Internet des pages et des pages sur l'ablation. Un océan de thèses et d'antithèses, d'opinions contradictoires, de statistiques, de témoignages, bref de quoi me perdre et ne plus savoir où j'en suis ni quoi penser. J'ai vu l'ombre du charlatan indien dans certains articles. Le lendemain, j'ai appelé le professeur J. F. qui m'a grondé comme on fait avec un adolescent qui ne quitte pas la Toile.

J'ai tout lu maintenant sur la prostate. J'ai appris des choses, mais ça ne m'a pas donné d'espoir. Un jour, alors que j'attendais le bus, mon regard a croisé celui d'un clochard, encore jeune, peut-être la quarantaine. Je lui ai donné une pièce et lui ai dit : « Ça va ? — Oh, tant qu'il y a de la vie... » Je me suis dit : c'est sûr, sa prostate est entière, elle lui fout la paix, il doit bander comme un taureau, mais son problème est ailleurs... Plus tard, dans le bus, une jeune fille a voulu me céder sa place. Je l'ai remerciée. J'ai pensé : « Ça se voit tant que ça que ma prostate m'a lâché ? J'ai dû prendre un coup de vieux. » Rentré chez moi, je me suis regardé dans le miroir et je n'ai pas su quoi penser de l'image qu'il me renvoyait.

La vieillesse, ce n'est pas qu'une question d'âge, c'est aussi un problème d'image, de relation entre soi et ce que les autres nous renvoient à travers leur regard. On peut être sans prostate et rester apparemment jeune. Nous sommes le temps. Il n'y a rien à faire. Les rides sont les rides. Il ne faut surtout pas les faire effacer chez un chirurgien esthétique ; c'est la meilleure façon de les exhiber encore plus. Je n'en suis pas là, ou plutôt ça n'a jamais été mon problème.

10

La dernière fois

Un baroud d'honneur. Un feu d'artifice. Je voulais, pour mon ultime éjaculation avant l'opération, un orgasme grandiose. L'adieu à des années de plaisir. Le spectacle de soi sur une scène choisie avec soin avec une partenaire de qualité, ça se paye. Depuis quelque temps, j'avais découvert le plaisir de l'amour tarifé. Un ami m'en avait fait l'éloge, mettant en balance une sexualité sans romance ni emmerdes avec les relations affectives parfois lourdes à assumer et des conséquences frisant souvent le drame. Il m'avait donné le numéro de téléphone d'une certaine Kathy, une Méditerranéenne polyglotte, marrante et très sensuelle. On ne parlait pas d'argent. C'était sous-entendu — l'enveloppe glissée discrètement dans son sac. Elle n'était pas bavarde. Elle s'occupait de moi et avait des techniques pour faire durer le plaisir et la séance. Elle venait pour la soirée et une partie de la nuit. C'est moi qui lui demandais de rentrer chez elle parce que j'aime dormir seul. Elle avait sa voiture et s'en allait après m'avoir déposé un petit baiser.

Cette fois-ci je lui ai parlé un peu plus que d'habitude. Elle était étonnée. Je ne lui ai pas raconté ma vie, mais je lui ai dit que c'était la dernière fois qu'on se voyait et que je voulais que cette nuit fût exceptionnelle. J'ai prétexté un changement de pays. Elle m'a demandé de garder son numéro au cas où je repasserais par là. Je lui ai promis que je ne l'effacerais pas de mon répertoire.

Juste avant son arrivée, j'étais fébrile. Je me suis regardé dans la glace et j'ai découvert une pâleur inhabituelle. Je tremblais un peu. Je me suis enfermé dans la salle de bains et j'ai pris un bain. Je n'ai pas pris du Cialis qui a un effet pendant un jour ou deux. J'ai avalé une pilule de Viagra. Un seul coup. Une seule fois. Pas besoin de faire durer l'excitation. Un dernier voyage avec au bout un orgasme et une bonne giclée de sperme, la fin d'un compagnonnage qui aura duré quelques décennies. On vit avec et on pense qu'il fait partie de ce qui est éternel. On se dit que le sperme de nos vingt ans, tout frais, tout plein, puissant et épais est plus fort que celui que notre corps produit à partir de la cinquantaine. Là, il va falloir s'en séparer. Il ne sortira pas parce qu'il ne sera plus fabriqué, l'usine a éteint les fourneaux. Plus précisément, il ne traversera plus l'urètre pour irriguer un vagin chaud et savoureux. Le liquide séminal est renvoyé à l'intérieur. Il fait marche arrière. Il ne sort plus.

Tout cela m'avait été si bien expliqué par le professeur J. F. que je n'ai pas eu besoin de fiche complémentaire pour me préparer à ma nouvelle vie. Est-ce une vie ? La question se pose, inévitablement. Elle m'obsède et je devrai un jour admettre que la vie est diverse, qu'elle a plusieurs centres, de multiples possibilités, que, tant que le cœur bat, tant que le cerveau fonctionne, la vie est là, différente peut-être, surprenante. Je me souviens d'un berger corse, le père d'un collègue, qui commandait à son fils des films pornos chaque fois qu'il faisait le voyage de Paris pour lui rendre visite. Il passait son temps à les visionner, espérant à force de masturbation réveiller un pénis endormi depuis longtemps. C'était avant les pilules magiques. Il s'énervait, pestait et criait contre tous ceux qui étaient autour de lui. Il avait tenté de se couper la bite, mais il s'était juste blessé au niveau du pubis. Il avait eu si mal qu'il s'était juré de ne plus recommencer.

Kathy arriva à l'heure, impeccable, jolie ; elle avait changé de coiffure. Elle ne portait pas de parfum (ce que je lui avais demandé la première fois que nous nous étions vus). Je suis très sensible aux odeurs. Un parfum que je n'aime pas me déconcentre et perturbe mon activité sexuelle. Son sexe épilé m'excitait beaucoup. Je lui avais demandé une fois de laisser pousser les poils sous les aisselles, mais elle avait refusé. Je ne comprends pas cette manie quasi planétaire de se raser là. Pourtant les danseuses égyptiennes dans les films des années cinquante et certaines actrices du cinéma néoréaliste italien avaient bien un duvet sympathique sous les bras et ça ne choquait personne.

Elle me déshabilla lentement. Nous buvions du champagne. Elle avait mis une musique sans intérêt que je lui ai demandé d'arrêter. Lorsque je fus nu, elle se mit à me lécher de la tête aux pieds. Elle me massait, puis embrassait chaque centimètre de ma peau. Le final, elle le réservait à la fellation qu'elle maîtrisait à merveille. Elle suçait lentement, se retirant juste un moment pour faire retomber l'excitation et reprenait cette fois-ci en me léchant soigneusement l'anus. Elle était experte et ne reculait devant rien pour me faire plaisir. C'est avec elle que j'ai découvert ce plaisir inouï que je n'ai jamais osé demander à Catherine ou à mes maîtresses.

On buvait un peu, je lui caressais les cheveux, je lui disais des mots gentils, elle souriait, me versait à boire, s'étendait à côté de moi et réveillait mon sexe qui fléchissait un peu. Il lui suffisait de deux ou trois coups de langue pour le remettre debout, prêt à la pénétrer. À ce moment précis, sans même que je m'en rende compte, de sa bouche sortait un préservatif qui venait tout naturellement habiller ma verge bien tendue. Elle s'asseyait dessus et bougeait lentement, se retirant pour d'autres caresses, puis revenait, faisant durer longtemps le plaisir. J'eus plusieurs fois une forte envie d'éjaculer, mais elle plantait la paume de sa main entre les testicules et l'anus, pressait et faisait reculer l'éjaculation. Elle avait appris cette technique chez un acuponcteur chinois.

Au bout d'une bonne heure, je décidai d'avoir mon dernier grand orgasme. J'étais sur elle, mes mains tenaient fermement ses fesses, je la pénétrai à fond et de ma vie je n'avais fourni autant d'énergie. C'était la dernière séance, celle qui allait marquer le restant de ma vie et que je n'allais plus jamais revivre.

Je ne sais pas si c'était grandiose, mais ensuite j'étais crevé, incapable de me lever, de parler. Je me sentais ailleurs, dans un autre monde, peut-être le paradis ou l'enfer, car la fatigue se faisait sentir dans tout mon corps. Elle s'était mise à côté et continuait à me caresser le dos comme si j'étais un enfant qui avait besoin d'être bordé. Cette fille était fantastique. Je me dis que j'avais été bien inspiré de faire appel à elle pour cette dernière fois. J'étais conscient d'avoir vécu quelque chose d'exceptionnel. Le fait que ce devait être la dernière fois rendait tout plus grand que nature.

Au milieu de la nuit, alors que Kathy somnolait, je m'apprêtais à sortir sur la pointe des pieds, et là j'eus de nouveau envie d'elle. Je voulais aller jusqu'au bout, jusqu'à ce que ma verge ne réponde plus. Elle dormait sur le ventre, mon érection était moyenne, dès qu'elle sentit que j'étais sur elle, elle se retourna et prit dans sa bouche mon sexe qu'elle rendit dur, puis me fit comprendre qu'elle avait envie que je la prenne par-derrière. Elle me dit dans un demi-sommeil : « Baise-moi comme tu veux, je te laisse faire, je suis à toi. » Elle était lascive, chaude, sa peau sentait bon, elle sentait le corps humain et non des produits cosmétiques. Elle sentait ma sueur et la sienne. Elle avait les fesses en l'air, superbes, rondes, fermes, sa vulve bien en évidence, là, ma bouche s'y est collée et je l'ai léchée. Elle tapait des mains sur le matelas en disant : je vais jouir, je vais jouir. Elle eut un orgasme au moment où je la pénétrai de toutes mes forces. Ce fut le coup final, absolument final, peu de sperme dans mon éjaculation. J'étais par terre, fini, la tête me tournait, mes yeux étaient hagards, la bouche sèche, les jambes tremblantes. Je crois que nous nous sommes endormis un moment d'un sommeil très léger. Une heure plus tard, elle se rhabilla, prit son sac sans l'ouvrir, m'embrassa doucement et s'en alla.

J'eus du mal à rassembler mes membres, j'étais comme disloqué, éparpillé, épuisé par le désir et par la jouissance. Trop de fatigue empêche le sommeil. Je pris un somnifère et ne me réveillai qu'à midi.

Mon fils aîné m'appela pour une histoire de chaudière tombée en panne. Je ne comprenais pas ce qu'il me disait. Le mot « panne » résonnait dans ma tête comme une cloche. J'allais lui dire : c'est ton père qui va connaître une grande panne, pas un truc qui se répare en une heure, mais une panne qui dure longtemps, une année et plus. Je bredouillai quelques mots et raccrochai. Un fils de trente ans qui n'appelle jamais pour avoir de mes nouvelles et qui ne se souvient de mon existence que le jour où il n'a pas pu prendre sa douche. Un fils gâté par sa mère dont il n'a jamais réussi à faire le deuil.

Je crois qu'il me rend en partie responsable du décès de sa mère. Il m'en veut d'avoir à l'époque eu des aventures, une vie dissolue qui m'éloignait d'elle. Nous ne nous sommes jamais expliqués là-dessus. À présent je me demande si les parents doivent rendre des comptes à leurs enfants sur leur façon de vivre. Je regarde juste devant moi et je vois un puits, je me vois jeté dans ce puits, mes appels au secours sont vains, ma voix est éteinte, je n'ai plus de force, je baisse la tête et je poursuis ma chute. C'est un puits sans fond. Je tends les bras comme si de l'autre côté des ténèbres m'attendait mon fils venu avec du renfort pour me sortir de là. Je ne vois rien. Il n'y a personne.

11

Rêves

Depuis que je ne bande plus, quand j'arrive enfin à dormir, je fais des rêves de plus en plus chaotiques. Je suis un infirme exposé derrière une vitrine, des femmes peu vêtues passent me voir, elles me font des signes, des grimaces, rient, certaines m'envoient un baiser de loin.

Une fois, je dois d'urgence porter une tunique car mon sexe est en bois. Impossible de le cacher, de le plier. Je me promène avec un bout de bois qui dépasse. Il fait chaud et j'étouffe sous la tunique en laine. Avec ce sexe, je ne peux rien faire. Aucune femme ne se laissera pénétrer par un pénis en bois… Une autre fois, j'essaye de me masturber comme au temps de ma jeunesse. Je cherche mon pénis qui s'est tellement recroquevillé qu'il n'apparaît plus. Je le caresse mais il n'est pas là. Il est entré à l'intérieur. Je suis une femme sans vagin…

Une autre fois encore, je suis sur une plage, dans un pays lointain, le Brésil peut-être, une plage de nudistes. Je suis habillé en costume noir, cravate, et je porte un chapeau. Je traverse cette foule d'hommes et de femmes nus. Mon regard est attiré par le sexe des hommes, ils sont tous énormes, les femmes ont des seins parfaits (refaits), des fesses rondes, elles sont toutes jeunes, belles et insouciantes. Une femme m'enlève mon chapeau, une autre ma veste, un homme arrache mon pantalon, je suis nu comme eux, mais je n'ai pas de pénis. Ils éclatent de rire et me lancent des poignées de sable sur le visage ; je ne vois plus rien, je suis aveugle, j'ai soif, j'ai envie de pisser… je me réveille…

Je suis dans une clinique toute blanche, inondée de lumière blanche. Je suis assis dans une salle d'attente mais je ne sais pas pourquoi je suis là. Je regarde les prospectus affichés sur les murs : avec une prothèse, vous n'aurez plus honte de bander… Un infirmier vient me chercher, me déshabille et mesure la taille de mon pénis, prend des notes, puis me demande d'aller dans la cabine à côté pour me masturber : « Quand l'érection sera au top, vous sonnez et je viens mesurer… » Dans la cabine il y a un écran où est projeté un film porno. Je ne bande pas. Une femme suce le pénis énorme d'un Noir. Je sonne et demande à m'en aller… deux infirmiers me mettent une camisole… j'étouffe, j'ai envie de boire, je me réveille la gorge sèche…

Toute une nuit, deux hommes se relayent pour me convaincre qu'il faut à présent donner mon cul pour obtenir une bonne érection : c'est la solution ; laisse-toi faire… Je recule et prends la fuite… Au bout de la rue grise, un homme se caresse le pénis en me regardant… Je fuis et me réveille.

Ma voisine du quatrième m'appelle et me réclame du sel. Elle sonne, je lui tends la salière, elle me pousse et entre dans l'appartement en me disant : « Je veux du gros sel, pas ça, le gros sel pour préparer un poulet au sel. » En avançant elle laisse tomber sa robe. Elle est nue. Je panique. Elle crie : « Prends-moi ! » Je tends les bras et c'est sa vieille mère sourde que j'enlace. Elle perd son dentier, je pisse et me réveille en sursaut. Le lit est humide. J'ai honte.

Je dors dans la résidence de l'ambassade de France dans un pays en guerre. Je passe la nuit à courir me cacher afin d'éviter des balles perdues. Envie pressante de pisser. Je me réveille. Je constate que j'ai encore fait pipi au lit. Mais cette fois dans un lit propriété de l'État. Il faut faire sécher les draps. Je vais à la salle de bains pour prendre le sèche-cheveux. Impossible, il est fixé dans le mur. J'ouvre les fenêtres. Je frotte de toutes mes forces la partie des draps mouillée. J'ai honte. Je passe le reste de la nuit assis sur une chaise.

12

Une histoire d'amour

La sexualité et l'amour sont deux choses différentes, liées, certes, mais pas nécessairement, du moins c'est ce que je croyais jusqu'à mon opération. Peut-on aimer, aimer vraiment (en dehors de l'amitié) une personne sans faire l'amour avec elle ? Peut-on faire l'amour sans éprouver des sentiments amoureux ? Avant, je répondais tout de suite non à la première question et oui à la seconde. Je croyais ce qu'on dit, pour aller vite, que l'homme peut faire l'amour sans être amoureux ; et que la femme a besoin de ressentir quelque sentiment à l'égard de l'homme pour se donner à lui et éprouver du plaisir. Même si je suis forcé de reconnaître que j'ai rencontré quelques contre-exemples au cours de ma vie.

Ce sont là en réalité des visions fort réductrices, voire machistes. Une de mes collègues m'avait confié qu'elle emmenait son mari à des « parties fines » organisées par un vieux couple expert en ces « jeux » où tout se passe au niveau cérébral. M'étant montré étonné, elle m'expliqua que ces rencontres théâtralisées étaient les seules à même de donner du plaisir à son époux qui ne bandait plus. Je lui demandai : « Et ton plaisir à toi ? — Dans le regard et l'imagination, moi aussi. » Je n'insistai pas, la sexualité est chose complexe.

Toutes ces questions théoriques sont devenues soudain très concrètes pour moi. Quelques mois après l'opération, j'ai rencontré une femme dont je suis tombé amoureux assez vite et la question de la sexualité au sens physique du terme s'est rapidement posée comme un problème à résoudre. J'en ai parlé avec le professeur J. F. qui m'a cité le Marquis de Sade : « Le pénis est le chemin le plus court entre deux cœurs. » Comment faire sans pénis ? lui demandai-je. Il ne me répondit pas. Un de mes amis fut quant à lui catégorique : sans sexe, ça ne tiendra pas longtemps. Il n'avait ni tout à fait tort ni tout à fait raison, cet amour n'a duré que quelques mois.

Cette première histoire m'a néanmoins redonné goût au bonheur. Entre elle et moi, ce fut une sorte d'amour les yeux fermés. Un amour chanté, écrit, mis en musique. Une relation vécue comme un poème, arrivée par hasard, au moment où je croyais ne plus pouvoir en assumer avec une femme. Ce lien je l'ai voulu à tout prix, je l'ai cultivé. Il aura été parfois sidérant, parfois curieux, parfois joyeux. Il aura eu, à sa manière, ses moments charnels, érotiques, enflammés...

De cette rencontre, je garde quelques beaux souvenirs, même si la plupart se sont effacés de ma mémoire : une promenade sous le soleil doux d'octobre dans le jardin du Luxembourg, une visite au Louvre, une autre au Grand Palais. Quelques moments de fous rires en dégustant un bon cru. Autant de sentiments qui me ramenaient une dizaine d'années en arrière, la dernière fois que j'étais tombé amoureux. À mes yeux elle était unique, belle, irremplaçable. Je refusais bien sûr de voir ce qui allait plus tard me déranger, me choquer. Mais n'anticipons pas. De toute façon, l'amour n'est jamais tout à fait aveugle. On voit des choses et on ne leur donne pas d'importance. On les minimise, on les écarte, on fait avec et on s'engouffre dans l'aventure. Ce n'était pas la première fois que ça m'arrivait. J'ai toujours appliqué en amour le conseil de Marguerite Yourcenar dans *Mémoires d'Hadrien* : « Notre grande erreur est d'essayer d'obtenir de chacun en particulier les vertus qu'il n'a pas, et de négliger de cultiver celles qu'il possède. » J'avais donc repéré les qualités qui me plaisaient chez elle et me réjouissais chaque jour de notre rencontre... Mon angoisse s'apaisait et le souvenir de l'ablation s'éloignait un peu.

Après nos premiers rendez-vous, je lui ai parlé de mon état sans donner de précisions. Je tournais autour. Je ne prononçais pas le mot de prostate ni de cancer. Je disais « l'intervention » sans autre précision. Je ne sais pas si elle comprenait. Elle m'écoutait et ne disait rien. Je ne voulais surtout pas lui tenir un langage trop cru, j'avais peur qu'elle se lève et qu'elle parte. Je ne savais pas à quoi m'attendre. Après tout, je n'étais pas impuissant. Mon pénis n'était que défaillant, rien de plus.

De retour chez moi, rongé d'angoisse, j'imaginais les folles explications que je pourrais lui donner la prochaine fois que nous nous verrions. « Voilà, il faut que je vous dise, j'ai été opéré de la prostate, pour le moment je ne peux pas avoir d'érections… Voulez-vous tout de même coucher avec moi ? Vous savez, il y a bien d'autres moyens de faire l'amour… Et puis ce n'est que passager, une affaire de quelques mois. Ensuite, tout reprendra comme avant, il ne faut surtout pas vous inquiéter, et puis l'important, n'est-ce pas, c'est que je vous aime, je suis amoureux comme je ne l'ai pas été depuis plus de dix ans… Vous me croyez, n'est-ce pas, quand je vous dis que je vous aime, que je pense à vous, que je chante comme Ray Charles : *I can't stop loving you…* »

Non, aucune femme, surtout à peine rencontrée, n'accepterait d'entendre un tel discours. Et pourtant, ma nouvelle amie me fit comprendre jour après jour que « ça » ne posait pas de problème. Elle me souriait, m'embrassait sur le cou, se serrait contre moi et un soir m'attira vers la chambre à coucher où elle enleva par étapes ses habits. Sous mes yeux elle devint une autre, son corps dégageait une chaleur magnifique, elle se donnait entièrement, je n'avais plus qu'à la prendre et l'embrasser longuement, la caresser sans m'arrêter. Une fois par semaine je passais chez une esthéticienne qui s'occupait de mes ongles afin de les rendre plus doux dans les caresses intimes. Je faisais attention ; surtout ne pas la blesser physiquement ; faire de mes deux doigts un substitut du pénis ; mon amie aimait mon pouce qui agissait comme une verge courte ; et puis je changeais souvent de position pour lui embrasser la vulve avec fougue. Elle aimait ce contact goulu. Pendant ce temps-là, mon sexe s'absentait. J'avais du désir mais il faisait l'impasse sur cette partie essentielle du corps. Je continuais les caresses en leur donnant un rythme de plus en plus rapide. Je persistais jusqu'à son orgasme. Là, j'arrêtais, je mettais ma tête entre ses cuisses et je me reposais. C'était doux.

Je gardais mon slip. De sa main elle cherchait mon sexe pour le caresser. Je lui échappais. J'avais presque honte. Il n'y avait rien à caresser. Alors je reprenais le dessus et continuais à l'embrasser partout passionnément, avec tendresse, amoureusement. Une fois elle tenta de me faire une fellation. Je l'en empêchai car c'était absurde. Sucer un bout de chair morte ou presque a de quoi vous démoraliser pour longtemps.

La tête entre ses cuisses, je me laissais aller à des rêveries, des images insolites traversaient mon esprit. J'en attrapais une au vol et tournais autour comme un magicien sûr de son effet. L'image était parfumée par la sueur de l'amour. Et puis j'enfonçais de nouveau mon nez dans son sexe et j'aspirais. Je ne pensais plus à rien. J'aimais ces moments de douce somnolence. Je me suis même surpris, une fois, à laisser glisser une larme sur ma joue, à force d'émotion.

Ma semaine était organisée en fonction des disponibilités de mon amie. Il faut dire qu'elle avait la régularité d'une mécanique de précision. C'était une femme rigoureuse, au vocabulaire précis, sûre de ses convictions. Elle était droite, physiquement et moralement. J'avais simplement remarqué qu'elle manquait un peu d'humour. Pourtant j'arrivais à la faire rire. Souvent elle me disait : « Si je suis là, c'est parce que je l'ai voulu. » Que cherchait-elle à me faire comprendre ainsi ? Je l'appelais « mon aimée ». Je la vouvoyais. C'était charmant et même érotique. « Enlevez votre culotte » est plus érotique que « enlève ta culotte ».

Je ne pouvais me résoudre complètement à cette situation. Il fallait bander. J'essayai les pilules magiques mais elles n'eurent pas d'effet. Je passai donc à l'étape supérieure : les injections intracaverneuses. J'en avais entendu parler, mais n'avais jamais pensé y avoir recours un jour. Je les croyais réservées aux acteurs de films pornos, à Silvio Berlusconi qui, paraît-il, en était coutumier.

Pour elle, je me suis fait ces injections. Les premières fois très maladroitement. Préparer une seringue, y faire dissoudre le produit dans le liquide, secouer, tenir la verge et la nettoyer avec de l'alcool pur, choisir l'emplacement où introduire la seringue qui doit être inclinée à quarante-cinq degrés — même très fine, elle fait mal —, éviter un nerf, y aller doucement... Tout ça est loin d'être facile, et surtout absolument inefficace. Je relisais la notice : j'avais pourtant tout fait correctement. Mon pénis était récalcitrant, il se tassait jusqu'à disparaître. Je tirais dessus, c'était pitoyable. Je ne savais définitivement pas m'y prendre.

Je suis retourné voir l'andrologue qui m'a appris comment procéder. Une consultation pas comme les autres, je peux vous l'assurer. Vous sortez votre pénis, il est étrangement petit. Le médecin vous fait remarquer que c'est normal, avec l'opération, la verge perd un peu de sa taille. Il simule l'injection, vous engueule comme si vous étiez un copain, vous dit de faire attention à la dose sinon vous risquez de ne plus débander. Vous sortez de là déprimé, mais vous vous dites : « Il faut tenir. »

La fois d'après j'ai enfin une érection, pas aussi bonne ni aussi dure qu'avant, mais mon amie me dit qu'elle me sent et qu'elle jouit. Peut-être simule-t-elle. J'ai un orgasme. Du plaisir, mais sans éjaculation. Un orgasme sec. Un effet bizarre, comme dans un rêve érotique où l'éjaculation ne laisse pas de traces. J'ai éprouvé alors une petite nostalgie pour ce liquide chaud qui vous fait croire que vous êtes un mâle puissant. Cet orgasme d'un genre nouveau me laisse dans le désarroi, mais je n'ose pas le lui dire. Je me sens un peu moins diminué qu'avant, mais ce n'est pas l'idéal. Après l'amour, mon pénis me fait mal. La notice dit que, si l'érection dure toujours une heure trente après l'injection, il faut prendre une douche froide, marcher, courir, ou faire du vélo d'appartement... C'est ça, je vais acheter un vélo d'appartement pour éviter le priapisme, au moins ça me fera faire du sport ! Jamais le vendeur ne pourra imaginer que j'investis mille ou deux mille euros pour que mon érection retombe... J'ai mal, mais il n'y a pas de rigidité. J'oublie le vélo et me concentre sur notre histoire d'amour. J'avale deux comprimés de paracétamol et attends la fin de la douleur.

Ensemble, on ne prononçait pas certains mots. Pas besoin. La pudeur et puis l'évidence. Pourtant quelques-uns tournaient en moi et je dribblais avec les plus sensibles. Un soir, le mot « cancer » s'est glissé dans une de mes phrases. Surprise, elle m'a fait répéter, puis m'a demandé comment je « vivais » la maladie. J'imagine que, dans sa tête, deux choses se sont superposées : impuissance sexuelle et cancer. De quoi prendre la fuite. C'est d'ailleurs ce qu'elle a fait, pas tout de suite, mais deux ou trois semaines plus tard.

À aucun moment je ne lui en ai voulu. Les sentiments sont fluctuants, changeants, et parfois suivent des chemins insoupçonnés. Alors je suis resté dans mon coin, tranquille, et délivré de l'inquiétude d'avoir à introduire une aiguille dans la partie caverneuse latérale de mon pénis. Soulagement et tristesse. Je me rendais à l'évidence : impossible de mener à bien une relation empêchée, handicapée par un problème aussi grave.

J'étais amoureux d'elle et le temps du chagrin arriva. Il se présenta sous la forme d'une douleur au niveau du ventre, puis dans tous les muscles, comme ces crampes qui vous torturent les mollets. Je n'avais pas le droit d'être amoureux. C'est ce que me signifiait cette douleur sourde, lente et cruelle. Je pensais à mon aimée et j'écoutais de la musique. Je pensais que ça m'aidait. Non, quand on est dans cet état, il n'y a rien à faire. Il faut que le temps passe. Il faut que l'oubli s'installe et repousse au loin les souvenirs.

J'étais accablé de tristesse et je ne pouvais même pas me confier à quelqu'un pour me soulager, pour me sentir moins seul. Le professeur J. F., mon ami, avait ses propres problèmes. Il était en train de divorcer et ça se passait mal. Il était le seul à qui je pouvais parler. Mais ce n'était pas possible. Mes sentiments, pourtant forts, sincères, n'avaient pas suffi à retenir mon aimée. J'étais humilié par mes propres sentiments. Défait et renvoyé au désert de mes nuits. La solitude chargée de chagrin. La plus haute des solitudes. Je ne parlais plus. Je restais des heures assis dans un fauteuil à fixer les dessins du tapis. Une voix venait me réveiller : attention, c'est ainsi que commence la dépression. Pas question de l'inviter à m'achever. Je donnais un coup de talon sur le sol pour remonter, comme si j'allais me noyer.

Je me levai et décidai de m'occuper de moi. Je pris un bain. J'observai mon corps dans le miroir. Il pouvait servir encore. Pas tout à fait abîmé. C'était dans ma tête que ça se passait. J'avais grossi. Je devais manger moins et faire attention. J'ai horreur du sport. Mais je pouvais marcher, j'aime marcher. Quand je marche, j'ai l'impression de m'allonger. Je mesure un mètre quatre-vingt-trois, mais je n'ai jamais tout à fait renoncé à grandir. Un fantasme d'enfant… Après mon bain, j'ai pris rendez-vous chez le coiffeur. J'ai mis un costume que j'aimais beaucoup et suis sorti. Malheureusement il pleuvait. Les gens étaient de mauvaise humeur. Rien n'allait.

Je changeai de programme, commandai un repas chez le traiteur du coin et me mis devant la télévision, chose que je faisais rarement. Voilà que je tombe sur un humoriste plutôt sympathique, qui ne m'a jamais fait rire mais sympathique, Michel Leeb, dans un extrait de son spectacle sur le sexe. Il s'adresse à la salle et demande aux hommes de répéter après lui en chœur : « J'aime ma bite. » J'entends un brouhaha timide : « J'aiiiim… mabiii… » Michel Leeb fait une grimace au public pour signifier que c'est mou. Il leur demande de recommencer jusqu'à ce que l'ensemble des mecs avouent qu'ils « aiment-leur-bite ». Des rires et du bruit.

C'était ridicule. C'est quoi au fond « aimer sa bite » ? En prendre soin ? Comme si l'homme avait un quelconque pouvoir sur sa bite quand elle n'est plus irriguée par le flux sanguin. Je me dis : « Nommer c'est détruire. » Mais ces gens-là qu'en savent-ils ? Rien. Il devait se trouver dans la salle au moins un homme de ma génération qui venait de subir une ablation radicale de la prostate et qui était venu à ce spectacle pour ne plus penser à sa nouvelle condition durant une heure et demie. Il était là, entraîné par sa femme qui lui serrait le bras et le poussait à dire lui aussi : « J'aime-ma-bite. » Par cet amour déclaré publiquement et de manière anonyme, il devait espérer la faire revivre, la faire revenir, épaisse et dure, gonflée à bloc, prête à percer un mur. C'était son rêve. Il n'osait pas y croire mais répétait de façon imbécile : « J'aiiiime-mmma-biiite… »

13

Regards

Le professeur J. F. m'avait bien recommandé, je l'ai dit, de ne parler à personne de ce cancer. Il m'avait précisé : les gens, même les plus proches, changent le regard qu'ils portent sur toi. Non par méchanceté, ni même intentionnellement. C'est plus fort qu'eux. Ils projettent leur propre angoisse de la maladie et de la mort. Il faut éviter qu'ils le sachent. Tu pourras mettre dans la confidence une ou deux personnes de confiance, pas plus. De toute façon, avait-il conclu, tu seras rapidement guéri et tu en parleras alors si tu veux…

Même quand elle ne s'affiche pas, la maladie isole, impose la solitude et le silence. Cela fait partie de son odeur. Même quand elle n'est pas contagieuse, elle fait peur et éloigne, peut-être pas les plus proches, mais les autres, ceux qui formaient le chœur d'une vie.

Je m'en suis rendu compte assez vite, malgré tous

les conseils du professeur J. F. Un vendredi soir, alors que je m'apprêtais à rentrer chez moi, un collègue du centre me regarde avec insistance et finit par me dire : « Tu as changé. T'as l'air inquiet, en tout cas tu n'es pas dans ton état normal. J'espère que tu n'es pas malade, que tu ne couves pas une saloperie… » J'ai failli lui répondre : « Ça se voit tant que ça ? » Je me suis retenu, j'ai baissé la tête et continué mon chemin. C'était la semaine où on m'avait appris que le cancer était à l'œuvre dans ma prostate.

À la même période, pour me changer les idées, je suis allé au théâtre avec Maria, une de mes amies. Elle sortait d'une dépression après avoir été quittée par son mari. C'est une femme encore jeune, charmante, brillante dans son métier mais qui, contrairement à certaines battantes, ne sait pas se défendre et répondre aux agressions qu'elle subit. Elle accuse immédiatement le coup, puis sombre dans une brusque fatigue nerveuse. Ce soir-là, elle perçut tout de suite que je n'étais pas comme d'habitude. Il faut dire que la pièce était ratée. Je m'ennuyais et ça se voyait et s'entendait parce que je bâillais et ne cessais de bouger sur mon siège. Nous profitâmes de l'entracte pour quitter la salle et là elle fut directe :

— Toi, tu ne vas pas bien. Dis-moi ce qui te tracasse.

Je suis resté silencieux un moment puis, comme dans un mauvais film, je me suis arrêté, lui ai pris doucement le visage entre mes mains et je lui ai dit :

— J'ai un cancer.

C'est sorti de moi très simplement. Je ne l'avais pas prémédité mais, dans mon inconscient, je devais penser que Maria était assez proche pour me comprendre. Erreur. Je vis tout de suite un grand trouble s'emparer d'elle. Elle devint pâle, une larme coula sur sa joue, elle baissa la tête et prit congé dès qu'elle put.

Elle m'a téléphoné une fois ou deux, puis plus rien. Je n'ai pas cherché à la rappeler. Certaines personnes ne sont pas capables de supporter la maladie de leurs proches, il faut l'accepter. Pourtant, à cette époque, je n'étais pas encore abîmé ni marqué physiquement par le mal. La maladie dérange, elle convoque les idées de souffrance et de mort. Il a suffi que je prononce ce mot tabou de cancer pour que Maria change radicalement d'attitude à mon endroit et enterre notre amitié. Je ne lui en ai pas voulu. C'est humain et c'est ainsi. Même moi, j'ai pris quelque distance à l'égard de moi-même et de mes vieilles habitudes. Ça m'amusait d'entrer dans un nouveau corps et un nouveau personnage. J'ai commencé par me rendre chez le coiffeur et lui ai demandé une autre coupe. Je suis allé consulter un chirurgien esthétique pour voir combien coûterait une opération des paupières, elles tombent un peu. C'était trop cher. J'ai préféré faire venir à la maison un professeur de gymnastique pour me faire faire des exercices. Je me suis laissé pousser la barbe que j'arrange une fois par semaine. Je me suis acheté quantité de nouveaux habits et ai changé mon after-shave. Ce sont des détails, mais parfois ça compte.

Avoir soudain un nouveau look, donner aux autres une nouvelle image… Je me regarde dans la glace et je vois un étranger, un visiteur que l'on n'a pas invité, un intrus, un pique-assiette. Sur le plan alimentaire, j'ai arrêté le pain et le beurre, ainsi que les pâtisseries. Perdre du poids me fait du bien. Et puis je me suis dit : pas la peine de te priver des bonnes choses, si le cancer persiste, c'est lui qui te fera perdre des kilos ! J'ai aussi arrêté brusquement de manger de la viande après avoir lu un reportage sur la manière dont ces bêtes sont nourries. Chacune de ces décisions me donne l'impression d'aller de l'avant et de constituer un sorte de barrage contre la maladie. Peu à peu mon corps se transforme mais pas mon esprit : les mêmes idées sombres et chaotiques l'habitent.

Une semaine avant d'entrer à l'hôpital, j'ai écrit une lettre à mon fils. Sans l'inquiéter, je l'ai prévenu que je me faisais opérer d'un cancer et qu'il devait garder secrète cette information. Je me souviens de son coup de téléphone, de sa voix étouffée par des sanglots. Je l'ai rassuré. Il a tenu à m'accompagner pour mon entrée à l'hôpital et a demandé à parler avec le chirurgien. J'ai eu alors une pensée émue pour sa mère qui, si elle avait été encore de ce monde, aurait été formidable. Catherine était toujours admirable quand il fallait faire front.

La veille de l'opération, des infirmières passèrent me préparer. J'avais pris une douche avec un produit désinfectant, de la Bétadine je crois. Une femme petite et forte, genre adjudant-chef, me dit : « Je vais vous foutre un truc dans le cul pour vous laver l'intestin et le rectum. Penchez-vous bien, écartez les jambes, ne bougez plus, voilà, c'est fait, vous attendez cinq minutes et vous allez aux toilettes. » Ses mots crus, sa façon directe de faire les choses m'impressionnèrent. Pas d'état d'âme. Efficacité totale. Regard neutre. J'étais un patient parmi tant d'autres. Je cherchai en vain, dans les yeux des autres infirmières, quelque chose de subjectif. Rien. Elles faisaient bien leur travail. C'est tout. C'est beaucoup.

Dans ma chambre, après leur départ, je me tournai vers la télévision allumée. Un journaliste parlait d'un attentat près d'une mosquée à Bagdad : cinquante morts et une centaine de blessés. On voyait derrière lui des ambulances, des soldats ramasser des restes humains dans des sacs en plastique noir. Des gens couraient dans tous les sens, des femmes en noir criaient leur douleur. La guerre et la mort sans la maladie.

Toute la nuit, malgré les somnifères, je me rongeai les sangs. Me revint soudain une question de mon fils quand il avait à peine six ans : « Papa, tu veux être enterré ou brûlé comme grand-père ? Maman a gardé dans un pot son papa, elle. » Ce souvenir m'horrifia. En bon Occidental cartésien, j'avais écrit un testament et l'avais adressé à mon notaire. Mais je ne me souvenais absolument pas d'avoir mentionné quoi que ce soit à propos de ce qu'il faudrait faire de mon corps. Le donner à la science ? L'enterrer ? L'incinérer ? Je m'imaginais aussitôt sur une table, disséqué par un professeur devant des étudiants, puis enseveli dans un linceul, ou dans mon costume noir et mis dans un cercueil, et puis encore déposé sur une planche et incinéré en silence pendant que ma famille et mes amis entendaient le craquement de mes os…

Je décidai d'arrêter de m'abandonner à mon imagination et cherchai pour la énième fois le sommeil. Je vivais jusqu'à la nausée cette éclipse de la santé. Ce n'était pas seulement l'esprit qui se dégradait et mon corps qui se flétrissait, c'était la combinaison des deux qui me faisait souffrir cette nuit. Je fis des rêves absurdes, donc je dormais. L'idée de ma mort revint me hanter comme si je devais en passer nécessairement par là, jusqu'au moment où on m'administrerait l'anesthésie. Vers six heures du matin, j'ouvris grand les yeux et tournai la tête vers la fenêtre donnant sur la ville. Des lumières scintillaient, d'autres s'éteignaient, le jour se levait et moi, tel un condamné, je faisais des prières en silence alors que je ne croyais ni en Dieu ni à ses prophètes. Je croyais à la force de la spiritualité et je passais mon chemin. La peur, voilà la clef et l'origine de ma ruine. Isolé, affaibli, je me racontais des histoires. J'inventais des forteresses où les échos du passé me poursuivaient. Je me voyais déjà mort et je devais rendre des comptes. Des ombres épaisses et muettes m'entouraient. Dès que je fermais les yeux, elles surgissaient et s'agitaient dans tous les sens. Besoin de prendre un bon café.

La femme de mon ami Étienne est une statue bien en chair ; grande, pas très jolie, un corps ferme, maquillée à outrance, vulgaire juste ce qu'il faut pour maintenir en forme les érections de son homme qui dit prendre du Viagra parce que, à soixante-seize ans, bander devient de plus en plus difficile.

Ils ont plus de quarante ans de différence et ils semblent heureux et même complices. Étienne est un retraité qui a travaillé peu dans sa vie parce que sa famille lui a laissé une belle fortune. Il s'est marié plusieurs fois et n'a jamais eu d'enfant. Une question de stérilité dont il n'aime pas parler. Il s'est toujours débrouillé pour être avec des femmes beaucoup plus jeunes que lui. Problèmes de prostate ? « Comme tous les hommes de mon âge », répond-il. C'est-à-dire ? « Elle est grosse, je crois même qu'il y a dedans un petit cancer plus ou moins méchant. Mais on ne change pas les rayures de cet animal que je n'ai vu qu'en photo… le zèbre. Je suis un zèbre qui mourra en faisant l'amour.

J'en suis conscient et tous les hommes devraient en faire autant. Vivre sans bander, sans baiser ? Autant me jeter dans la Seine. Ma nouvelle femme est une bombe sexuelle, elle est russe et dévore la vie avec les dents. Regarde-la, elle transpire l'érotisme ardant, la volupté, la merveilleuse vulgarité qui me fait bander et jouir. J'ai fait mon calcul : si le cancer reste là où il est, s'il n'est pas tenté d'aller voir ailleurs si j'y suis, eh bien, je ferai l'amour pendant encore une petite dizaine d'années, que je passerai évidemment avec ma jolie Barbara. Elle me fait des trucs extraordinaires. Je suis un jouet entre ses mains, dans sa bouche, entre ses cuisses, dans sa chevelure. On voyage, on va de palace en palace, je lui achète des bijoux, des robes, et on s'envoie en l'air partout. La vie est courte, alors je profite de tout. La mort c'est rien, on dort et on ne rêve plus. C'est comme avant de naître. Mais la vie avec une femme dans un grand lit, ça je sais ce que c'est et, pour tout l'or du monde, je ne cracherai pas dessus. D'ailleurs mon médecin est de mon avis. C'est lui qui m'a dit qu'à partir de soixante-dix ans on n'opère plus la prostate. Et puis les médecins et chercheurs ne sont pas tous d'accord sur la conduite à suivre. Y en a qui éradiquent et d'autres qui laissent la nature faire. Avec Barbara, on ne parle pas d'amour, on vit, je sais que notre différence d'âge est énorme. Et alors ? Elle aime baiser avec les vieux, tu me diras : les vieux friqués, pourquoi pas, ce n'est pas du cynisme, c'est la vie. Toutes les relations sont fondées sur le plaisir et sur le fric. On ne le dit pas, on fait comme si ça n'existait pas, mais, même mariés, il y a de l'intérêt qui se balade entre l'homme et la femme.

« Un jour j'ai fait une expérience, juste pour voir ce que c'est que d'être impuissant. Je n'ai pas pris de petites pilules. Au lit, Barbara a tout essayé pour réveiller ma verge, rien, néant. Elle a réussi à obtenir une toute petite érection qui est tombée très vite. J'ai vécu cette infirmité pour être en empathie avec ceux qui sont condamnés à ne plus bander malgré tous les médicaments du monde.

« C'est le sexe qui me fait aimer le reste de la vie. Si je ne baise pas, je n'apprécie pas un opéra, ni la visite d'une exposition, ni un bon vin, ni un grand voyage. À quoi te sert-il d'aller au bout du monde pour voir les chutes du Niagara ou le Tadj Mahall si ta bite est morte ? Comment apprécier un Renoir si ta vie sexuelle est un désert ? Il en est de même pour tous les autres plaisirs de la vie. Je place le bonheur sexuel au-dessus de tout. Ai-je tort ? Tu repenseras à ça le jour de mon enterrement, quand tu me verras dans une morgue, nu, avec mes rides, flétri, abusé par la maladie, devenu rien du tout, poussière, morceau de bois à jeter dans la braise. Là, tu te souviendras de ce que je te dis aujourd'hui. Tu auras beau philosopher sur la vie, les valeurs, la morale, si tu oublies le sexe, tu n'auras rien fait de bon. Le monde est dirigé par deux choses : le fric et le sexe. Là-dessus viennent se greffer les valeurs, les arrangements, la politique, les idées, la fantaisie. Mais tout tourne autour de ces deux pôles; je préfère le second au premier, car même pauvre on peut baiser, mais si tu es riche à millions et que ta bite est en berne, un truc fait juste pour pisser, alors que faire avec toute cette fortune? Rien, tu seras milliardaire et malheureux. Je te fais la leçon parce que tu es encore jeune, tu as la vie devant toi, mais si un jour, par malheur, on découvre que ta prostate te fait des misères, laisse-la s'amuser toute seule, choisis la vie, même brève, plutôt qu'une ablation qui te permettrait de vivre longtemps mais avec une bite comme un chiffon. Enfin, tu verras, tu as le temps, moi j'ai peut-être pris des risques mais je ne regrette rien.»

14

Complément de traitement

Je contrôle mon PSA tous les trois mois. Je suis son évolution. Pour le moment, un peu plus d'un an après l'intervention, il est à 0,26. Si par malheur il dépasse le seuil de 0,4, cela voudra dire que le cancer est entêté et qu'il faudra faire quelques séances de radiothérapie. Le risque ? Plus d'érection. Impuissance définitive. La fin d'un rêve devenu cauchemar. Plus d'espoir, rien à l'horizon. L'exil puis le silence juste avant le grand sommeil. Je tombe sur un matelas de feuilles sèches. L'automne s'en va. Un vent léger et froid traverse mon corps nu. Je me recroqueville, je me ramasse.

Le printemps arrive, je n'ai même pas envie de quitter Paris. Je m'allonge et regarde le ciel par la fenêtre. Un cortège d'oiseaux migrateurs forme un grand V. Je sais qu'ils viennent du sud. Ils s'éloignent et mes yeux se ferment dans une luminosité excessive. Je pense à Catherine et je l'entends me dire : quand tu touches le fond, il faut donner un grand coup de talon et tu seras sauvé. Je ne suis pas encore tout à fait au fond. Je me débats et m'empêtre dans une lassitude cruelle. Je m'étais laissé avaler par la mélancolie et la solitude. À présent je ne me sens plus seul, je ne suis plus isolé. Nous sommes dimanche, mon fils et ma petite-fille viennent déjeuner avec moi, je dois faire des courses. Je n'ai pas le droit d'être négligé pour leur visite. Je vais me laver, me raser et mettre mon joli costume bleu solitaire. J'aime cette couleur romantique. Aïe ! J'ai oublié d'arroser les plantes et de descendre chercher mon courrier. Demain, je ferai ça demain.

« Complément de traitement », voilà ce que conclut le professeur J. F. quand il reçoit mes examens avec un taux de PSA à 0,46. Je demande qu'il m'explique. Comme à son habitude, il sort une feuille de papier, se met à dessiner la prostate, la vessie, l'urètre, le pénis en berne, les reins et puis fait de petites croix à droite, là où il y avait la prostate :

— Là, il y a quelques cellules microscopiques qu'il faut irradier, il faut les empêcher de se réunir et de migrer ailleurs.

J'entends « éradiquer » et je pense aux islamistes algériens que le pouvoir avait juré d'éradiquer dans les années quatre-vingt-dix. Je vois des sabres, des poignards, des mitraillettes, des têtes qui tombent… Je me dis que ça ne me concerne pas, l'ablation a déjà eu lieu, peut-être que le professeur J. F. se trompe de patient, ce n'est pas de moi qu'il s'agit. Je ne suis plus malade. Je ne suis pas malade, je suis contrarié par ce que je suis devenu. Je ne me vois pas de nouveau hanter les couloirs des hôpitaux. Je regarde par la fenêtre. J'aperçois un vieil homme dans un fauteuil roulant poussé par une femme en djellaba grise. Il a l'air mal en point. Je ne veux pas être cet homme. Je me lève puis me rassois. Le professeur J. F. continue son dessin. Il me demande si j'ai envie d'un café. Non, ça risque d'aggraver mon insomnie. Je décide de me concentrer sur ce qu'il essaye de m'expliquer. Je vois, j'imagine les cellules malveillantes se concerter un soir pour former une caravane et aller pique-niquer dans la vessie ou dans les reins. Même microscopiques, je sais qu'elles sont capables de faire mal, très mal. J'ai froid. Je pense à la nuit et me vois tourner en rond dans l'appartement, seul. Mon imagination est méchante. Je repense à mon ami Damien et à ses métastases tueuses. J'ai mal au ventre, mal aux reins, mal à la vessie. Une envie pressante de pisser me fait sortir du bureau en courant. À peine quelques gouttes. Je sens que tout a été bouleversé. Fausse envie. Une vessie capricieuse. Salive rare et amère. Signe que le stress a fait irruption et a gagné. Au bout de la maladie je sais que je ne trouverai rien d'autre que la solitude absolue. C'est ça la maladie, la maladie de la mort. La mort prend le train, un omnibus qui s'arrête souvent, met du temps avant d'atteindre le terminus. J'exagère, comme toujours. C'est mon habitude. Rien ne m'apaise. Je me sens fébrile. Je me lève de nouveau et essaye d'affronter la nouvelle situation.

Le professeur J. F. tente de dédramatiser :

— Tu n'es pas malade. Ça se traite très bien. C'est pas grand-chose, tu sais. En fait, c'est un traitement en deux temps. Un : ablation, deux : complément de traitement. On élimine les résidus...

Il reprend la feuille et se met à calculer. Dose totale des rayons : 60 greys. À raison de 2 greys par séance, il faut trente jours de traitement, avec les week-ends où on n'irradie pas, ça fera une quarantaine de jours.

Nous sommes en mai. Je me rends compte que je passerai tout l'été à Paris, chose qui ne m'est jamais arrivé. J'essaye de négocier. Reporter le traitement à septembre ? Non, il est catégorique :

— C'est trop risqué : la tumeur se reconstitue, ensuite elle saigne et elle se balade.

Il répète comme un père qui parle à son fils :

— On fait ça, pas parce que tu es malade, mais pour éviter que tu tombes malade.

Je décide de suivre son avis. Je repense à mon ami Adel, l'Égyptien, qui m'a appris à savoir accepter la réalité. Ça ne sert à rien de s'énerver, de bouillonner, d'aller et venir. Je sais que le temps passera lentement. En fait, c'est la première fois que je prends conscience que j'ai un cancer. Ma hantise depuis toujours. En acceptant le traitement, je sais qu'une nouvelle année d'anxiété et de perturbation m'attend. Mon esprit me conseille de me calmer.

Le professeur J. F. me cite les effets secondaires, il les écrit :

— Cystite (envie impérieuse d'uriner) ; rectite (faux besoin d'aller aux toilettes; du sang dans les selles) ; impuissance (les nerfs seront brûlés). Mais ne t'en fais pas, on cite tous les effets secondaires, ça ne veut pas dire que tu les auras tous, c'est juste pour prévenir le patient de ce qu'il pourrait avoir comme dommages collatéraux.

Je le savais : c'est la guerre.

De nouveau je suis effondré et j'essaye de ne pas le montrer. Je me mets à lui parler de sa nouvelle compagne qui est très jolie. Il en convient et me demande si j'ai rencontré quelqu'un. Oui, je vois une jolie Italienne, mais elle vit à Rome. Elle dit qu'elle m'aime. Je ne suis pas certain de pouvoir l'aimer comme elle l'espère. Je lui ai expliqué que mon état ne me permettait pas de lui faire l'amour comme elle en rêve. Elle me dit, comme toutes les autres, qu'elle m'aime tel que je suis. Elle m'appelle plusieurs fois par jour, m'écrit et s'étonne que je ne fasse pas de même. Je voudrais tant lui faire plaisir, mais ma tête est embrouillée par ce qui m'arrive.

Le professeur J. F. me dit qu'il aimerait bien la rencontrer et lui parler. Pas la peine. Je lui ai tout expliqué et puis elle a pu constater par elle-même que je ne bande plus. Une fois elle a essayé de ranimer ma verge. Elle s'est appliquée puis a renoncé. Elle s'est lovée contre moi. Je l'ai caressée longuement et elle a joui. Moi, rien. Pas le moindre signe malgré la piqûre dans le pénis. Elle m'aime, dit-elle. Oui, mais ce n'est peut-être que la flamme des débuts. Le fait que nous ne vivons pas dans la même ville donne du temps à notre relation et permet de nous illusionner.

Le professeur J. F. me ramène à notre sujet tout en me proposant de faire de la marche ensemble. J'aime bien la marche, l'unique sport que je pratique. Il me décrit les étapes du traitement.

Je vois la radiothérapie comme une montagne à escalader les mains nues et moites. Je revois James Stewart dans *L'Appât* d'Anthony Mann s'accrocher aux rochers pour échapper aux coups de feu de Robert Ryan qu'il est chargé de ramener pour gagner la rançon. Je me dis : au cinéma, tout se passe bien pour le héros. Moi, je ne suis pas un héros, à peine un brave homme aux prises avec des problèmes techniques.

J'ai besoin de temps pour réaliser ce qui m'arrive. Je pensais que l'ablation était la solution infaillible. Et voilà que je découvre qu'il peut en être autrement quand des cellules s'échappent de la tumeur. J'appelle un ami qui a subi une radiothérapie. Il m'explique tout en détail et surtout me décrit les effets secondaires. Avant de raccrocher, il me dit : « Tu en as pour deux ans. »

Deux ans à courir pour ne pas pisser dans mon slip, deux ans à me précipiter aux toilettes, deux ans sans femme, sans sexualité, sans espoir, sans lumière.

Le lendemain, je revois le professeur J. F. Il décortique mes derniers examens, m'écoute longuement et prend rendez-vous pour moi avec un urologue spécialisé dans la curiethérapie et la radiothérapie. Je m'y rends la semaine suivante, c'est un type charmant, très pédagogue, sensible. Il m'avoue en fin d'entretien que lui aussi est passé par là. Je n'ose pas lui demander des nouvelles de ses érections. En écoutant les autres, je prends conscience peu à peu qu'on peut vivre sans sexualité. Je me mets à percevoir les choses autrement. Oui, le sexe peut disparaître, se mettre entre parenthèses et la vie continue. Mon amie italienne est entêtée et persévère dans son amour avec tendresse ; elle est romantique ; je ne le suis plus. J'ai du désir, mais le reste ne suit pas.

15

Trente-sept séances

Rendez-vous pour une nouvelle IRM, puis un scanner.

Comme dans un mauvais rêve je retrouve le même sous-sol que la première fois, peut-être les mêmes patients, la même odeur et surtout la même lumière au néon.

Cette fois-ci l'examen dure plus longtemps. Dans le casque passe en boucle la bande originale de la comédie musicale *Mamma Mia* à la gloire du groupe Abba. Ça m'énerve plus qu'autre chose. Je maudis celui qui a eu cette fausse bonne idée pour étouffer le bruit effrayant que fait l'appareil. Me revient le film de Billy Wilder sur l'Allemagne de l'Est, *Un, deux, trois*, où les agents de la Stasi torturent les opposants en leur mettant des écouteurs sur les oreilles avec une chanson des années soixante, *Bikini*. À la dixième fois, le torturé avouait tout ce que la police lui demandait.

J'ai mal au dos. Je ne dois surtout pas bouger. J'ai les mains derrière la tête et cette musique qui passe et repasse comme dans un cauchemar obsessionnel.

Quand on vous demande de rester absolument immobile, difficile de ne pas devenir nerveux. Je souffre en cherchant à maîtriser mon corps dans ce tunnel où il vaut mieux avoir les yeux fermés et attendre que ça passe. Avant d'entrer dans la salle d'examen, on m'a demandé de remplir une fiche. À la question : êtes-vous claustrophobe ? j'ai répondu « non ». En fait je le suis, mais je refuse de l'admettre.

L'IRM confirme la présence de quelques cellules nuisibles. Le liquide injecté s'est focalisé sur un endroit. C'est là qu'il faut irradier.

Je sors de l'hôpital muni d'un CD que je dois donner au médecin qui fera la radiothérapie. Un scanner est prévu pour orienter avec précision la trajectoire des rayons. Les médecins utilisent tout un vocabulaire militaire. Je suis un champ de bataille, une cible, un objectif de combat. Je me couche sur le dos, on me tatoue trois points sur les hanches et au milieu du bas-ventre. Je suis un patient impatient. Je me rassure en pensant à ma guérison totale. Il faut du temps et de l'affection. Les amis seront là pour m'aider et même l'amour.

Pas de chance, c'est le moment qu'a choisi un sale type pour lancer une rumeur nauséabonde sur moi. Il soutient en public que je ne serais pas l'auteur d'un article paru il y a quelques années dans la fameuse revue scientifique *Nature*.

Je me dis que c'est souvent ainsi : les problèmes se donnent rendez-vous au moment de la fragilité. J'ai toujours détesté ce type dont la laideur morale est lisible sur le visage. J'ai toujours su qu'un jour il me créerait des soucis. Gros et gras, lourd et méchant. Ce n'est pas un chercheur, juste un ancien professeur de mathématiques d'origine écossaise qui place les articles dans des revues américaines. Il paraît qu'il se débrouille toujours pour faire payer ses services, même quand il n'arrive pas à faire publier. Menaçant et sans scrupule, ce type n'avance ses pions qu'à coups de magouilles et de médisances. En plus, il a mauvaise haleine. Par le passé, j'avais été assez négligent pour me laisser avoir, on ne risquait pas de m'y reprendre. Maintenant il m'en voulait et cherchait un moyen de me faire du tort.

À présent je dois me battre sur deux fronts. J'ai un sérieux espoir de l'emporter contre les cellules mauvaises, par contre la méchanceté de ce type sera plus difficile à enrayer. Qu'importe, ma naïveté a souvent été la source de mes erreurs et aussi ma capacité à rester humain face à la rapacité et à la volonté de nuire de certains.

Demain, rendez-vous à Curie à onze heures vingt pour la première séance de radiothérapie.

Trente-sept séances. Douleurs au rectum. La nuit, je pisse toutes les heures. Le matin, je suis crevé. J'ai le visage froissé. Mon image dans le miroir est détestable. Je reste longtemps sous la douche comme si ce moment était une parenthèse quotidienne qui me fait oublier ma condition.

À l'Institut Curie, le plus insupportable c'est le regard d'enfants malades qui viennent pour des séances de chimio. Je baisse les yeux. Je lis sur le visage des parents tantôt de la détresse tantôt de la résignation. J'ai vu aussi de jeunes femmes portant un foulard sur le crâne où il n'y a plus de cheveux.

Après ma séance — qui dure une dizaine de minutes — je quitte l'Institut en meilleure forme, simplement parce que la rencontre avec des malades plus atteints remet les choses à leur place. L'après-midi, une fatigue s'insinue dans mon corps et m'oblige à me mettre au lit. Je m'assoupis. Je pense à ceux qui sont condamnés et qui continuent à avoir de l'espoir. Partout où je vais, je n'entends parler que de maladie, cancer, radiothérapie, chimio... j'entends ou j'imagine. Je déjeune avec mon ami Jean-Louis, atteint d'un cancer depuis cinq ans déjà. La chimio l'a défiguré. Il porte un chapeau blanc. Il se bat avec dignité et courage. Je le quitte les larmes aux yeux. Je rentre chez moi.

Rêve ou cauchemar ? Je vois Jean-Louis habillé en costume noir, chemise blanche et cravate sombre. Ce n'est pas son genre. Je ne l'ai jamais vu en cravate et encore moins en costume noir. Il a le visage de l'adolescent qu'il fut. Une lumière intense éblouit l'image et voilà que surgit la première séquence du film d'Ingmar Bergman *Les Fraises sauvages*, dans laquelle le vieux professeur fait un rêve où l'horloge publique n'a plus d'aiguilles. Le temps s'est arrêté.

16

La vie sans

Débarrassé, retiré du circuit, libéré. Ma libido m'a quitté comme dans un divorce par consentement mutuel. Je n'avais pas le choix. Ça ne servait à rien de s'entêter, d'espérer un petit miracle, de se forcer, de tirer sur la peau, de tourner en rond dans une chambre vide au point de se cogner la tête contre les murs. Combat inégal. Elle n'était plus là. Elle n'avait plus rien à faire chez moi. Je ne répondais plus à ses appels feutrés. Je ne pouvais pas. J'avais beau au début fermer les yeux et imaginer une situation favorable au réveil de mes réactions intimes, rien ne venait, rien ne se produisait. J'étais devenu absent, étranger à ma propre libido, qui aurait pu se souvenir mais elle n'en avait plus la force ni le désir. Alors, tranquillement, sans faire de bruit, je me suis assis sur le bord du lit, j'ai fixé les dessins vaguement érotiques d'un tapis persan, et je lui ai adressé la parole, comme si ma libido était un personnage vivant, un partenaire essentiel. Je lui ai fait part de ma décision : je ne suis plus capable de te donner quoi que ce soit. Désolé, la mécanique est définitivement en panne. Je suis devenu un être incomplet. Mon cerveau — parce qu'il participe en grande partie à la fête — n'est pas en cause, il fait ce qu'il peut. C'est le reste qui ne suit pas. C'est comme dans ces cauchemars où l'on crie mais aucun son ne sort de la gorge. Alors, chère libido, si tu veux bien, on se quitte, je t'oublie. Je dois bien me rendre à l'évidence, je ne veux pas insister. Je ne forcerai pas la machine. Elle est abîmée comme tout le reste. Je me sens de plus en plus fatigué par les ans, les déconvenues, les trahisons (d'amitié), les contrariétés en tous genres, la médiocrité de plus en plus dominante. Je me retourne sur moi et je reconnais le vide, le rien, le néant. Et je décide de ne pas en faire un drame. J'accepte. C'est la grande leçon que je tire de cette épreuve : accepter ce qui arrive. Avoir la force de recevoir le présent comme il est et ne pas protester. Ce n'est pas du fatalisme ou de la passivité imbécile. Non, c'est la sagesse profonde, au sens où l'on dit que vivre, c'est apprendre à mourir.

Pas de drame, pas de bruit, pas d'agitation. Je sais, certains décident de se donner la mort parce qu'ils ne peuvent pas accepter. Pour moi, ce ne sera ni coup de fusil dans la bouche, ni poignée de somnifères, ni une corde autour du cou dans le grenier d'une maison de campagne.

La vie sans libido est aussi une vie. Ou bien : la vie sans libido est-ce encore une vie ? Disons qu'une vie nouvelle est possible. Le manque est là comme la douleur du bras fantôme, comme la joie qui s'absente et sème des défaites. Le manque hantera mes nuits, brutal, béant, cruel. Je m'y ferai, je l'attendrai et ne serai pas surpris quand il creusera son sillon dans mes pensées, dans mon corps. Mon regard s'évanouit et m'abandonne. Je vois ce que je vois mais je ne l'intègre pas dans mon univers. Dans la rue je marche en faisant de chaque femme une transparence. Je m'habitue à ne plus les voir, c'est-à-dire les désirer, les imaginer dans une histoire, même si elle est improbable. J'en fais des ombres, des images sur écran, des fantômes de femmes, des effluves de parfum, des néants de fumée. Je n'habiterai plus leur cœur, je ne prendrai plus leur corps, je ne me mêlerai plus à leurs espérances, je ne me glisserai plus dans leurs projets. Je marche et je les élimine l'une après l'autre. Un monde où je ne vois que des hommes, mais ils ne m'intéressent pas du tout. Bientôt je les éliminerai aussi de mon champ de vision. Je serai seul, absolument seul, atrocement seul. Je marcherai dans les rues sans faire attention. Et si par hasard je bouscule un homme ou une femme, ce sera par distraction, rien d'autre. Comme pour les petites séquelles de l'ablation, j'ai imaginé une radiothérapie des sentiments, qui efface ceux qui viennent du désir. Éradiqués pour toujours.

Je pense souvent à Jorge Luis Borges qui a passé le dernier quart de sa vie aveugle. Lui, pilier de bibliothèque, lecteur assidu et immense écrivain, a lentement perdu ses yeux. Il savait qu'un jour il ne verrait plus rien. Il s'était préparé à vivre sans eux et à continuer à vivre sans rien abandonner de ses habitudes. « Lorsqu'on est aveugle, on doit passer une très grande partie de sa vie dans la solitude », a-t-il dit à un journaliste. Moi, je vois encore mais je dois fermer les yeux. Ma libido est une cécité, elle est solitude. J'ai eu la chance de croiser un jour Borges par hasard. C'était dans le petit jardin d'un grand hôtel. Il était assis là, les mains sur sa canne, les yeux levés au ciel. Je l'admirais tant que j'ai surmonté ma timidité et j'ai demandé qu'on m'autorise à l'approcher. Je lui posai des questions sur son œuvre, il me répondit en me parlant des *Mille et Une Nuits* et des vertiges que ces contes produisaient encore sur lui. Au bout de quelques minutes, j'ai oublié que ses yeux étaient vides.

Il m'arrive aussi de penser à Luis Buñuel qui, lui, avait perdu l'ouïe. Il a tourné ses derniers films comme à l'époque du muet. On imagine facilement ses souffrances. Et pourtant, cela ne transparaît pas du tout dans ces films. Il a dû faire un effort surhumain pour continuer à créer tout en étant handicapé, amoindri. Que se passait-il dans sa tête quand il voyait ces images où manquait le son ? Quel souvenir gardait-il de la musique du monde ?

Je me rappelle mes premiers désirs, mes premières érections, des éjaculations que je comparais à un flux électrique qui secouait tout mon corps pendant quelques secondes. Ces souvenirs je les conserve, je les tiens encore dans un coin, j'ai presque l'impression que mon corps réagit quand je me les remémore. Simple impression. Elle glisse en réalité sur ma peau, puis s'en va. Je me fais des idées. Voilà, je me ferai des idées le restant de ma vie. Activité honorable, silencieuse, invisible. Ça ne concerne que moi. Aveugle et sourd. Il me resterait encore l'odorat, le toucher et le goût. Il paraît que l'odorat est le dernier sens à disparaître. Je vivrai avec le souvenir de quelques parfums et peut-être de quelques odeurs inconvenantes.

Je dois continuer à vivre et parvenir à ne plus penser à ce qui me manque. Faire en sorte que ce manque disparaisse pour toujours. Le temps sera mon ami, mon compagnon. Je serai clément avec lui. Me restera la mémoire, pleine de trous et d'apparences, faite à la fois d'un tissu solide et fragile, élastique et vague, faite en grande partie d'oubli.

J'irai sur la tombe de mes parents, chose que je n'ai presque jamais faite jusqu'à présent parce qu'ils vivaient dans mon cœur et que je ne sentais pas le besoin de me recueillir face à une dalle de marbre bleu, noir, gris. J'aime ce marbre qui me rappelle bien autre chose, qui n'a rien à voir avec les défunts. Un souvenir heureux, sans doute amélioré, arrangé comme notre orgueil nous commande de le faire. Le marbre bleu d'Amalfi, son mystère, ses secrets que seuls les amoureux parviennent à percer et gardent en eux à jamais.

Prologue 9
1. Changé 11
2. Le tournant 16
3. La décision 26
4. L'intervention 34
5. Dépression 39
6. La honte 54
7. La mémoire du corps 61
8. Avant 65
9. Sans regret 69
10. La dernière fois 80
11. Rêves 87
12. Une histoire d'amour 91
13. Regards 102
14. Complément de traitement 112
15. Trente-sept séances 119
16. La vie sans 124

L'ÉCRIVAIN PUBLIC, 1983 (Points-Seuil)

HOSPITALITÉ FRANÇAISE, 1984, nouvelle édition en 1997 (Points-Seuil)

L'ENFANT DE SABLE, 1985 (Points-Seuil)

LA NUIT SACRÉE, 1987 (Points-Seuil). Prix Goncourt

JOUR DE SILENCE À TANGER, 1990 (Points-Seuil)

LES YEUX BAISSÉS, 1991 (Points-Seuil)

LA REMONTÉE DES CENDRES, suivi de NON IDENTIFIÉS, édition bilingue, version arabe de Kadhim Jihad, 1991 (Points-Seuil)

L'ANGE AVEUGLE, 1992 (Points-Seuil)

L'HOMME ROMPU, 1994 (Points-Seuil)

ÉLOGE DE L'AMITIÉ, Arléa, 1994 ; réédition sous le titre ÉLOGE DE L'AMITIÉ, OMBRES DE LA TRAHISON (Points-Seuil)

POÉSIE COMPLÈTE, 1995

LE PREMIER AMOUR EST TOUJOURS LE DERNIER, 1995 (Points-Seuil)

LA NUIT DE L'ERREUR, 1997 (Points-Seuil)

LE RACISME EXPLIQUÉ À MA FILLE, 1998 ; nouvelle édition, 2009.

L'AUBERGE DES PAUVRES, 1999 (Points-Seuil)

CETTE AVEUGLANTE ABSENCE DE LUMIÈRE, 2001 (Points-Seuil). Prix Impac 2004

L'ISLAM EXPLIQUÉ AUX ENFANTS, 2002

AMOURS SORCIÈRES, 2003 (Points-Seuil)

LE DERNIER AMI, 2004 (Points-Seuil)

LES PIERRES DU TEMPS ET AUTRES POÈMES, 2007 (Points-Seuil)

Chez d'autres éditeurs

LES AMANDIERS SONT MORTS DE LEURS BLESSURES, Maspero, 1976 (Points-Seuil). Prix de l'Amitié franco-arabe, 1976

LA MÉMOIRE FUTURE, Anthologie de la nouvelle poésie du Maroc, Maspero, 1976

À L'INSU DU SOUVENIR, Maspero, 1980

LA FIANCÉE DE L'EAU suivi de ENTRETIENS AVEC M. SAÏD HAMMADI, OUVRIER ALGÉRIEN, Actes Sud, 1984

ALBERTO GIACOMETTI, Flohic, 1991

LA SOUDURE FRATERNELLE, Arléa, 1994

LES RAISINS DE LA GALÈRE, Fayard, 1996

LABYRINTHE DES SENTIMENTS, Stock, 1999 (Points-Seuil)

Ouvrage composé par : In Folio.
Achevé d'imprimer par Normandie Roto Impression s.a.s.
61250 Lonrai
Dépôt légal : décembre 2013.
Numéro d'imprimeur : 134708

ISBN 978-2-07-014412-9 / Imprimé en France.

262262